AF220047

Brigitte van Hattem

Amors Pfeil traf
eine Katze

Liebesgeschichten

Impressum

Bibliografische Information der Deutschen Nationalbibliothek:
Die Deutsche Nationalbibliothek verzeichnet diese
Publikation in der Deutschen Nationalbibliografie; de-
taillierte bibliografische Daten sind im Internet über
http://dnb.dnb.de abrufbar.

© 2021 Brigitte van Hattem, Saarstr. 215 a, 76870 Kandel

Coverdesign: Vanessa Hahn, amorphdesign.de

Lektorat: K. Waldgott/vHVerlag Kandel
Korrektorat: K. Waldgott/vHVerlag Kandel

Herstellung und Verlag: BoD – Books on Demand,
Norderstedt

ISBN: 978-3755711919

Momente, die unser Herz berühren,
gehen niemals verloren.

(Verfasser unbekannt)

Inhaltsverzeichnis

EIN KATER NAMENS REDFORD

Mit dem Tod ihres Ehemannes wurde es still in der Welt von Christa Müller. Die Kinder waren aus dem Haus, sie selbst in Rente. In Christas kleines Häuschen zogen Einsamkeit und Ereignislosigkeit. Alles verlor an Bedeutung.

Die erste, die das bemerkte, war Ursula Gehrke, ihre Nachbarin von links. Nachdem sie einmal ganze zwei Wochen nichts mehr von Christa gehört hatte, klingelte sie an deren Haustür und walzte sie in dem Moment nieder, in dem Christa die Tür öffnete. Zumindest hätte einem Zuschauer das so vorkommen können. In Wahrheit nahm Ursula einfach nur so viel Raum in der Tür ein, dass Christa ganz automatisch zur Seite trat und sie einließ.

Nach dem üblichen Austausch wie es einem so gehe und dem „Danke gut und dir?", kam Ursula zur Sache: „Du weißt doch, dass ich im Tierschutz tätig bin", begann sie. „Wir haben gestern einen Kater aus einer schlechten Haltung befreien können. Er ist in einem fürchterlichen Zustand. Aber er versteht sich nicht mit anderen Katzen und muss separat betreut werden. Von uns kann das keiner mehr machen. Wir haben alle schon viel zu viele Schützlinge im Haus. Kannst du einspringen?"

„Ich?", fragte Christa überrascht zurück. „Wieso denn ich? Ich habe doch gar keine Ahnung von Katzen."

Das weiß ich doch, dachte Ursula, du hast auch keine Ahnung von Hunden oder Meerschweinchen, aber irgendwo müssen wir ja ansetzen. „Das macht doch nichts", log sie deshalb. „Ich bringe die Katze, Futter, ein Katzenklo …"

„Ein Katzenklo?"

„Ja, irgendwo muss sie ja hinmachen, die Katze."

„Und dafür gibt es Klos?"

„Ja, erklär ich dir, sobald es hier ist. Musst du halt einmal am Tag saubermachen. Und die Katze füttern."

„Was frisst eine Katze denn so?"

„Bring ich dir mit. Alles klar? Dann bin ich in einer Stunde wieder da."

Christa Müller hatte noch gar nicht recht verstanden, was ihre Nachbarin von ihr wollte, da war Ursula schon wieder aus der Tür. Eine Katze. Na, so etwas. Die Ursula wollte ihr eine Katze bringen. Einen Kater, wenn sie sich richtig erinnerte.

Christa überschlug, was sie über Katzen wusste. „Und Minz und Maunz, die Katzen, erheben ihre Tatzen, sie drohen mit den Pfoten …", kam ihr in den Sinn, aber sie wusste nicht, woher sie diesen Reim kannte. Er klang auch nicht sehr vertrauenserweckend und ein mulmiges Gefühl stieg in Christa auf.

Dann erinnerte sie sich, dass Katzen die Tiere waren, die schnurrten, wenn sie einen mochten. Sie hatte natürlich schon Menschen getroffen, die Katzen hatten. Eine Schulkameradin ihrer Tochter beispielsweise. Sie hatte einmal so ein kleines Kätzchen auf dem Schoß gehabt. Das Tierchen hatte so laut geschnurrt, dass Christa es fast nicht für möglich gehalten hatte. So klein und doch so ein lautes Gebrumm!

Ursula Gehrke beeilte sich. Sie wollte den Kater so schnell wie möglich bei Christa deponieren, bevor sie auf Gegenwehr stieß. Sie wusste um den therapeutischen Effekt, den Tiere auf ihre Besitzer haben konnten. Man musste ihnen nur eine Chance geben: den Tieren und den Besitzern.

Als erstes trug Ursula eine riesige Katzentoilette in Christas Haus, dann eine Tüte Klumpstreu, eine Streuschaufel, eine Lage Dosenfutter und eine Faltschachtel Trockenfutter. Sie zeigte Christa, wie man die Katzentoilette füllt und im Bedarfsfall säubert.

„Und da geht die Katze hinein?", fragte Christa zweifelnd.

„Ja, und wenn nicht, dann fehlt ihr was, dann rufst du mich an."

Christa nickte.

„Und von diesem Futter", Ursula tippte auf eine 400-Gramm-Dose, gibst du ihm zwei Mal täglich jeweils die Hälfte."

Christa nickte abermals, hatte aber erste Bedenken. „So viel?", fragte sie schließlich.

„Ja, es ist auch ein großer Kater", sagte Ursula. „Das wirst du gleich sehen. Ich hole ihn!"

Als Ursula wiederkam, schleppte sie einen überdimensionierten Transportkorb vor sich her, den sie kaum tragen konnte. Mit einem tiefen Schnaufer setzte sie ihn in Christas Flur ab. „Alles bereit für den großen Moment?", fragte sie und öffnete die Klappe, ohne eine Antwort abzuwarten.

Ein runder, roter Katzenkopf erschien in der Öffnung, dann bewegte sich vorsichtig ein schmales, aber riesiges Raubtier aus dem Transportkorb, direkt auf Christa zu.

„Du meine Güte", murmelte Christa und trat einen Schritt nach hinten.

„Keine Sorge, er ist lieb", behauptete Ursula und strich dem Kater zum Beweis über den langen Rücken. „Es ist ein besonderer Kater, ein Maine Coon. Er kommt aus einer schlechten Haltung, daher ist er so dünn. Tierschützer haben ihn beschlagnahmt. Diese Katzenrasse wird für viel Geld gehandelt, aber leider bedeutet das nicht, dass die Besitzer die Tiere dann auch gut behandeln."

Der Kater drückte sich in Ursulas Hand und rieb seine Wange an ihrem Knie. Dabei begann er lauthals zu schnurren, ein Geräusch, das Christa wiedererkannte. Sie ging in die Hocke und hielt dem Tier ihre Hand hin. Es schnuffelte daran und rieb sich dann an Christas Unterarm.

„Wie heißt er denn?", flüsterte Christa ehrfürchtig.

„Er hat noch keinen Namen. Aber wie wäre es mit Redford?"

„Wieso denn Redford?", fragte Christa verblüfft, aber noch immer flüsternd.

„Von Robert Redford. Der ist doch auch rothaarig!", erklärte Ursula.

Christa lachte. Der Bann war gebrochen. „Robert. Redford? Redford!", versuchte sie sich und nickte. Dann strich auch sie dem Riesen vorsichtig über den Rücken. Das Fell fühlte sich weich und warm an, aber gleichzeitig spürte Christa jeden Wirbel.

„Wir werden dir noch einen Kratzbaum beschaffen", sagte Ursula. „Da kann er sich daran die Krallen schärfen. Sonst nimmt er womöglich dein Sofa."

„Das Sofa?" Einen Moment hielt Christa entsetzt inne. War ihr Lieblingsplatz in Gefahr?

Der Kater hatte mittlerweile genug von ihren Aufmerksamkeiten und begann, seine neue Bleibe zu erkunden. Sein Weg führte ihn ins Wohnzimmer, wohin ihm die Frauen folgten. Christa warf einen Blick auf ihr Sofa und sah es plötzlich mit ganz anderen Augen. Es hatte schon bessere Zeiten gesehen, war abgewetzt und ausgebeult. Es hatte keiner Katze bedurft, es im Lauf der Jahre zu ruinieren.

„Darf Redford bleiben?", fragte Ursula sanft.

Christa nickte. Dann stiegen ihr die Tränen in die Augen. „Ich habe jetzt eine Katze", sagte sie, als wäre das die Antwort auf all ihre Gebete.

Ursula versorgte sie noch mit weiteren Informationen, die sich Christa sicherheitshalber notierte. Einmal am Tag bürsten. Leckerli. Wasser anbieten, möglichst nicht in der Nähe des Fressnapfs. Nicht rauslassen, wird sonst geklaut.

Christa überlegte. Dann schrieb sie dazu, was sie von vorhin noch wusste: morgens und abends füttern. Einmal am Tag Katzenklo säubern. Christa wollte nichts falsch machen. Er war ja so dünn, der Arme.

Neuer Zweifel kam auf: „Aber wenn es nicht funktioniert?"

„Er ist nur zur Pflege bei dir. Du päppelst ihn jetzt erst einmal auf. Wenn du ihn nicht behalten willst, finden wir ruckzuck neue Besitzer für ihn! Wo willst du ihn füttern?"

Christa überlegte. Dann fand sie in der Küche eine Stelle, die wie geschaffen war für einen Fressnapf. Sie öffnete eine Dose, was ihr Redfords Aufmerksamkeit einbrachte und unter seinen Argusaugen füllte sie den Napf und wollte ihn hinstellen. Redford drückte sich dabei so heftig schmusend an ihre Hand, dass sie beinahe den Napf fallengelassen hätte, aber es ging alles gut und der Kater fraß mit offensichtlichem Appetit.

Ursula seufzte erleichtert auf. Sie kannte Katzen auch anders. Dass sie sich hungrig gebärdeten, aber dann das Futter verweigerten. Das hätte ihr jetzt gerade noch gefehlt, dass Redford Sperenzchen machte, noch bevor sich Christa in ihn verliebt hätte. Aber der Kater schien zu wissen, worum es ging, und er fraß seine Schale manierlich leer. Auch das kannte Ursula anders. Gerade Maine Coon konnten es manchmal nicht lassen, mit ihren dicken Pranken das Essen zu packen und mit ihm zu spielen, bevor sie es dann mit einer Vorderpfote in den Mund führten.

Nachdem das mit der Essensaufnahme schon einmal geklappt hatte, rührte Ursula noch ein wenig mit den Fingern im unberührten Katzenklo. Redford sah neugierig nach, was es hier wohl zu sehen gab, zeigte aber keine Neigung, jetzt sein Geschäft zu machen. „Jetzt weiß er aber, wo sein Klo steht", sagte Ursula und Christa nickte halbwegs beruhigt.

An diesem Tag ging Ursula hochbefriedigt zu Bett, hatte sie doch gleich zwei Wesen etwas Gutes getan: Kater Redford ein Frauchen mit einem Haus verschafft und dem Frauchen ein Haustier. Beide würden sich guttun, da war sich Ursula sicher.

Christa hingegen brauchte noch etwas, bevor sie an diesem Abend zur Ruhe kam. Sie ließ ihren neuen Mitbewohner nicht aus den Augen, während er durch das Haus streifte und jedes Blatt an jeder Palme und jede einzelne Ecke beschnüffelte. Wie ein Hund, dachte sie. Es waren doch normalerweise Hunde, die schnüffeln? Sie würde sich ein Buch besorgen müssen, irgendeins, in dem steht, was Katzen so machen.

Da sie dem Kater nicht ständig hinterherlaufen wollte, beschloss Christa, zu tun, was sie sonst auch tat. Sie setzte sich auf ihr Sofa und schaltete den Fernseher ein. Das bedeutete aber, dass sie den Kater aus den Augen lassen musste. Wird schon nichts passieren, versuchte sie sich zu beruhigen, aber wirklich beruhigt war sie erst, als Redford ihr nach einer Weile folgte, auf die Couch sprang und sich ganz in ihre Nähe legte. Christa war sich nicht sicher, ob ihr das nun recht war oder nicht, aber dann hörte sie über das Getöse ihrer abendlichen Fernsehserie hinweg sein Schnurren, was ihr gefiel.

So verbrachten die beiden ihren ersten Abend, einerseits wohlwollend beieinander, sich aber andererseits noch misstrauisch beäugend. Was für ein schönes Tier, dachte Christa gelegentlich, wenn ihr Blick vom Fernseher weg auf ihn fiel. Was der Kater dachte, ist nicht bekannt. Vermutlich nicht viel, denn er schlief, wobei er gelegentlich unruhig zuckte.

Als es für Christa Zeit wurde schlafen zu gehen, stand sie auf und ging ins Bad. Zu ihrer Überraschung folgte ihr der Kater. Auf dem Weg ins Schlafzimmer kamen sie an der Küche vorbei, wo Christa ihrem Mitbewohner noch etwas zu essen hinstellte. Redford verschmähte es, aber er stieg stattdessen in sein Katzenklo und zeigte ihr, wie trefflich er es zu benutzen verstand.

Das mache ich morgen, dachte Christa, die ziemlich müde von dem aufregenden Tag war und dringend in ihr Bett wollte. Die Schlafzimmertür ließ sie offen, damit sie hören konnte, falls irgendetwas Schlimmes passierte. Doch das einzige, das geschah, war, dass ihr an den Füßen schwer wurde. Christa drückte das Licht am Nachtschränkchen wieder an und starrte nach unten. Hatte sich Redford doch tatsächlich heimlich eingeschlichen und am Bettende zusammengerollt! Schläfrig sah der Kater sie an und schnurrte. Nun gut, dachte Christa, warum nicht. Er wird mich schon nachts nicht beißen. Sie löschte das Licht und legte sich in ihre Einschlafposition. Redford schnurrte noch immer. Das ist eigentlich ganz nett, dachte Christa und schlief ein.

Am nächsten Morgen sah Christa beim Aufwachen direkt in die großen, gelben Augen ihres neuen Hausgenossen, der sich mittlerweile lautlos der anderen Hälfte ihres Ehebettes bemächtigt hatte. „Mau", sagte er zur Begrüßung.

„Ui, du kannst ja sprechen", murmelte Christa verwundert.

„Mau", bestätigte Redford. In der Tat erwies sich der Kater jetzt, nachdem er sein erstes Mau an sie gerichtet hatte, als äußerst gesprächig.

Vorsichtig streckte Christa ihre Hand nach ihm aus, um ihn zu streicheln. Redford schnurrte genüsslich, aber ihr fiel auf, wie kühl es plötzlich an ihrem Arm wurde, der zuvor noch warm unter der Bettdecke gelegen hatte. Wieso ist es denn so kalt, fragte sie sich und stieg aus dem Bett, um ihre Hand dieses Mal prüfend auf ihren Nachtspeicherofen zu legen. Er hätte warm sein sollen, aber er war es nicht.

Während sie in die Küche schlurfte, wäre sie beinahe über Redford gestolpert, der ihr zwischen die Beine lief und sie dann überholte, vermutlich getrieben von der Aussicht, wieder etwas zu essen zu bekommen.

Christa legte ihre Hand jetzt auf den altmodischen Nachtspeicherofen der Küche, der den restlichen

Teil dieses Stockwerks beheizte. Eiskalt. Sie würde Herrn Zimmer anrufen müssen.

Doch zunächst schaltete sie die Kaffeemaschine ein. Bei der Suche nach ihrem Morgenmantel kam sie fast ins Straucheln, denn der Kater rieb sich an ihren Beinen. „Hast du Hunger?", fragte Christa. Ein Blick auf den Napf von gestern zeigte ihr den unberührten, aber mittlerweile eingetrockneten Inhalt. Nun, das würde ich auch nicht mehr mögen, dachte sie und richtete ihm etwas Frisches. Sie war auf den ältesten Katzentrick der Welt hereingefallen: das Essen zu monieren, um dessen Qualität zu sichern.

Nachdem Christa sich geduscht und angezogen hatte, rief sie bei der Firma Elektro Zimmer an. Zwei ihrer Nachtspeicheröfen seien ausgefallen, berichtete sie und man versicherte ihr, jemanden zu schicken.

Keine zwei Stunden später stand Peter Zimmer vor ihrer Tür, der Senior und stille Teilhaber des kleinen Elektrobetriebs am Ort. Er war schon längst im Ruhestand, aber da er vor über fünfzig Jahren einmal die Nachtspeicheröfen im Haus der Müllers installiert hatte, führte er dort noch immer die regelmäßigen Wartungen und Reparaturen durch. Er kannte sich schließlich aus.

„Ach, das ging aber schnell, vielen Dank, Herr Zimmer", sagte Christa zur Begrüßung und ließ den Handwerker ein.

„Hallo, Frau Müller", antwortete er und stellte seinen Werkzeugkoffer im Flur ab, wo er Redford streichelte, der ihm neugierig entgegengekommen war. „Nanu, Sie haben ja eine Katze."

Christa lächelte, als sie sah, wie der alte Mann sich auf den Boden hockte, um ihren neuen Hausgenossen zu streicheln. Das laute Brummen des Katers war meterweit zu hören.

„Das ist ja etwas ganz Besonderes", lobte Peter, „Ist das nicht eine Maine Coon?"

„Ich wusste gar nicht, dass Sie sich da auskennen", antwortete Christa verlegen, weil sie sich nicht mehr sicher war, ob das tatsächlich die Katzenrasse war, die Ursula ihr genannt hatte. „Ja, ich glaube schon."

„So eine Katze wollte ich auch immer", gab Peter zu, der den Kater mittlerweile in Ekstase gestreichelt hatte.

„Ja?" Christa war überrascht. „Das hätte ich nie von Ihnen gedacht."

„Sie dachten wohl, ich bin der Hundetyp?", fragte Peter lächelnd. „Aber Sie haben recht, was wissen wir schon voneinander? Kennen uns seit Jahren, aber ich weiß auch nur, dass Sie zwei erwachsende Kinder haben und mittlerweile verwitwet sind. Ein Tier habe ich bei Ihnen noch nie gesehen, noch nicht einmal, als Ihre Kinder klein waren."

„Ja, ich hatte noch nie darüber nachgedacht. Und den da habe ich auch erst seit gestern."

„So ein schönes Tier. War bestimmt teuer", vermutete Peter.

„Nein, die Ursel hat ihn mir gebracht, Sie wissen schon, meine Nachbarin, die Frau Gehrke. Die ist vom Tierschutz und meinte, der Kater wäre schlecht behandelt worden."

„Schlimm", sagte Peter, „wie kann man denn so einen Prachtkerl schlecht behandeln?"

Christa versicherte, dass sie das auch nicht wisse und zeigte dem alten Zimmer die defekten Elektroöfen.

„Da muss ich am Sicherungskasten schauen, ob mir etwas auffällt", sagte Peter, nachdem er die Öfen begutachtet hatte. „Gut, dass Sie es wenigstens im Wohnzimmer warm haben."

Christa nickte, während sie zusah, wie Peter mit seinem Werkzeugkasten in den Keller ging. Es war unnötig, ihm den Weg zu zeigen, da er ihn ja seit Jahrzehnten kannte. Zu ihrem Erstaunen sah sie, dass Redford dem Handwerker fröhlich miauend folgte. Nun, dann lernt er wenigstens gleich den Keller kennen, dachte sie und rief Peter „Kaffee?" hinterher.

„Gerne", rief er im Hinuntergehen zurück.

Unten angekommen, öffnete Peter den Elektroschaltkasten des Hauses und sah sich jedes Rädchen und jeden Schalter an. Dabei versuchte er, sich an damals zu erinnern, als er die Schaltungen gelegt hatte. Unter den meisten Sicherungen stand der Hinweis, wohin sie gehörten, aber die Schrift war mittlerweile verblasst und kaum noch lesbar. Peter pfiff ein wenig vor sich hin, während er das Elektrogewirr studierte. Dann fiel sein Blick auf den Kater, der ihn unverwandt ansah.

„Das ist nett, dass du mir helfen willst", sagte Peter zu ihm. „Aber hier kenne ich mich vermutlich besser aus." Geschickt löste er die eine Klemme, dann eine andere, versuchte dieses und jenes und kam schließlich zu einer Diagnose. „Dieses Ding hier ist kaputt", erklärte er seinem rothaarigen Lehrling und suchte in seinem Werkzeugkasten nach einer neuen Schaltvorrichtung.

Doch als er sie einbauen wollte, zeigte sich, dass sie nicht in das Elektrolabyrinth passte, das er einmal zusammengestellt hatte. Der Schalter war zu groß.

„Katz, ich kotz'!", sagte Peter, schüttelte den Kopf und sah den Kater an. „Die bauen jetzt alle immer größere Schaltvorrichtungen und ich krieg die dann nicht mehr in diese Kästen eingebaut." Redford brummte verständnisvoll.

Peter kratzte sich am Kopf und dachte nach. „Vielleicht finde ich bei uns im Lager noch so einen alten Schalter, sonst müsste ich hier den ganzen Kasten umbauen. Oder es wird da oben nie wieder warm."

Redford bekundete schnurrend, dass er ganz seiner Meinung sei.

In diesem Moment kam Christa mit dem Kaffee in den Keller, den sie auf eine Anrichte unweit des Sicherungskastens stellte. „Mit zwei Löffeln Zucker und ohne Milch", sagte sie. „Wir wissen doch ein paar Dinge voneinander."

„Ja, und Sie haben ein fantastisches Gedächtnis", schmeichelte Peter.

„Und, hat Ihnen mein Redford bei der Arbeit helfen können?"

„Redford? Heißt er so?"

„Ja, von Robert. Robert Redford. Der ist auch rothaarig."

Der alte Zimmer lachte. Er wollte gerade erklären, was sein Problem bei der anstehenden Reparatur war, als es klingelte. Christa entschuldigte sich und eilte nach oben, um die Haustür zu öffnen.

„Auf die Schnelle war natürlich wieder mal kein Kratzbaum aufzutreiben, zumindest kein richtig großer", sagte Ursula zur Begrüßung, während sie erneut eine Kiste ins Haus schleppte. „Und zusammenbauen muss man ihn auch noch."

„Zusammenbauen?"

„Ja, aber ich habe jetzt eigentlich gar keine Zeit. Versuche es doch alleine. Wie geht es Redford?"

Wie auf ein Stichwort erschien Redford in der Wohnzimmertür, dicht gefolgt von Peter. „Oh, hallo, Herr Zimmer", sagte Ursula, die den alten Elektriker natürlich ebenfalls kannte. „Kommen Sie, um zu helfen?"

„Eigentlich kam ich, um die Heizung von Frau Müller zu reparieren. Wobei soll ich denn helfen?"

„Diesen Kratzbaum zusammenbauen", sagte Ursula und kramte die Einzelteile aus der Kiste.

„Ist der für Redford?", fragte Peter verwundert.

„Ja, klar", antwortete Ursula.

„Tut mir leid, aber den können Sie wieder mitnehmen. Der ist für einen Maine Coon nicht stark genug. Es gibt Kratzbäume mit dickeren Stämmen. Stellen Sie sich vor, wir bauen den Baum hier auf, und sobald Redford einmal dagegen springt, fällt er um."

Wie um das zu beweisen, kratzte Redford einmal heftig an einem der Stämme und sprang dann wie ein Wilder durch das Wohnzimmer. Christa sah ihm erschrocken nach, aber Peter lachte.

„Schauen Sie, der braucht richtiges Spielzeug!"

„Mmmh", sagte Ursula und nickte langsam.

„Lassen Sie mich das machen", sagte Peter zu Christa gewandt. „Ich muss sowieso ins Lager und einen neuen Schalter holen, da besorge ich Ihnen einen Kratzbaum, der Ihrem Redford standhält. Einverstanden?"

Christa nickte überwältigt. „Das ist mir aber unangenehm, dass ich Ihnen so viel Arbeit mache. Soll ich Ihnen Geld mitgeben?", fragte sie verlegen.

„Nein, das machen wir nachher", antwortete er. „Und was die Arbeit anbelangt: Daran habe ich gerade einen Heidenspaß! Ich komme am Nachmittag wieder, wenn es Ihnen recht ist. Bis dahin können Sie sich ja schon einmal überlegen, wo der Kratzbaum stehen soll."

Während Christa sich noch unsicher umsah, strahlte Ursula, als wäre das alles ihre Idee gewesen. Sie packte den alten Kratzbaum wieder ein und verließ mit Peter Christas Häuschen.

„Mau", sagte Redford zum Abschied.

Wie versprochen stand Peter am Nachmittag wieder vor der Tür, einen kleinen Schalter in der Hosentasche, seinen Werkzeugkoffer in der einen und einen Karton in der anderen Hand.

„Da bin ich wieder", sagte er und stellte wie am Vormittag alles in der Diele ab. „Ich muss aber nochmal ans Auto, da sind noch weitere …" Redford unterbrach ihn mit einem freundlichen

Mau und schnurrte um seine Beine. „Halten Sie ihn bitte fest, nicht dass er wegläuft, während ich die anderen Stücke vom Kratzbaum hole."

Christa tat wie geheißen. Mittlerweile fasste sie den Kater längst nicht mehr so zaghaft an wie noch am Vortag. Ihre Scheu vor dem großen Tier hatte sich weitgehend gelegt, aber es war noch viel Unsicherheit geblieben. Kurz nachdem Peter gegangen war, hatte sie beim örtlichen Buchhändler ein Buch über die Haltung von Maine Coon Katzen bestellt, aber das hatte er nicht vorrätig und sie würde es erst am nächsten Tag abholen können. Jetzt war Christa gespannt darauf, was der Elektriker ihr mitgebracht hatte. Erst kam Ursula mit einer Katze, jetzt der alte Zimmer mit einem Kratzbaum - wenn nicht gerade die Heizung kaputt gewesen wäre, hätte sie meinen können, es sei Weihnachten.

Dick bepackt kam Peter wieder, wobei er wie ein Honigkuchenpferd strahlte. „Bevor wir das auspacken", sagte er, „gehen Redford und ich aber erst noch einmal in den Keller!" Redford hatte sein Stichwort verstanden und folgte dem Alten mit munter erhobenem Schwanz.

„Siehst du, mein Hübscher?", fragte Peter und zeigte dem Kater einen kleinen Schalter. „Der müsste passen."

Redford maunzte bestätigend, während Peter eine Weile im Sicherungskasten herumschraubte.

Dann nickte er und pfiff ein wenig vor sich hin. „Das müsste genügen. Du musst nur um 22 Uhr nachsehen, ob sich die Ladefunktion einschaltet. Kannst du das machen?", fragte er den Kater, der so tat, als wäre das ein Klacks für ihn.

Oben im Wohnzimmer ließ Peter sich die Stelle zeigen, an der Christa gerne den Kratzbaum gehabt hätte. „Hier irgendwo zwischen Pflanze und Fenster", meinte sie und Peter begann, die Einzelteile des Kratzbaums auszupacken.

Es waren drei dicke, dicht mit Sisalseil umwickelte Stämme, die er versetzt auf eine Holzplatte schraubte und auf die er bedächtig eine Holzhöhle, eine hellblaue Plüschkuhle und zwei Plüschbetten in unterschiedlicher Höhe fixierte. Es dauerte fast eine Dreiviertelstunde und Christa bemühte sich, Peter zur Hand zu gehen. Dabei stand sie ihm allerdings mehr im Weg und hätte sogar beinahe das Gulasch vergessen, das auf dem Herd köchelte.

Als der Kratzbaum fertig war, starrte Christa ihn ehrfürchtig an, während Redford mit wenigen Sprüngen seine höchste Stelle erklomm und von oben herunter schnurrte.

„Hat eine schöne Farbe", sagte sie dann schlicht.

„Ich dachte, das helle Blau passt zu Ihren Vorhängen", meinte Peter und Christa nickte strahlend. „Was riecht hier denn so lecker?", fragte Peter neugierig, nachdem er sich die Hände gewaschen hatte.

„Gulasch. Darf ich Sie zum Essen einladen? Ich meine, ich weiß ja nicht, ob jemand auf Sie wartet …“, fragte Christa schüchtern.

„Gerne. Bin auch Witwer“, sagte er, „meine Anna starb ein Jahr nach Ihrem Mann.“

„Ah, das wusste ich gar nicht. Tut mir leid.“

Peter zuckte mit den Schultern, als wäre das alles ja schließlich nicht zu ändern.

„Ich muss nur noch die Nudeln abkochen, das geht schnell“, sagte Christa, „Gehen Sie doch bitte noch einmal in den Keller. Da ist rechts vom Eingang ein Regal, da müssten noch ein paar Flaschen Wein stehen. Suchen Sie uns eine aus.“

So kam es, dass an diesem Abend um 22 Uhr nicht Redford, sondern der alte Zimmer noch einmal im Verteilerkasten nachschaute, ob mit dem frisch installierten Schalter alles in Ordnung war und ob sich die Nachtspeicheröfen ordnungsgemäß aufluden. Dann verabschiedete er sich von Christa, nicht ohne sich noch einmal überschwänglich für das Abendessen zu bedanken.

Christa war ein wenig unsicher vom Rotwein und wusste nicht so recht, wie sie ihn jetzt gehen lassen und gleichzeitig wieder einladen konnte. Da sprang ihr Redford in die Bresche. Laut maunzend lief er Peter hinterher. Der Elektriker bückte sich und sagte: „Tschüss, du Großer, und wenn dein Frauchen einverstanden ist, besuche ich dich ganz bald wieder!"

Christa lief rot an und nickte verlegen, während sie die Tür hinter Peter verschloss. Dann ging sie zurück in ihr Wohnzimmer, wo sie sich auf das Sofa setzte und den Abend Revue passieren ließ.

Redford, der sich bereits ein wenig eingelebt hatte, sprang zu ihr. Er zauderte eine Weile, nicht sicher, ob er es wagen sollte, aber dann legte er vorsichtig eine Tatze auf Christas Oberschenkel. Christa strich ihm dabei zärtlich über den Kopf und Redford wurde mutiger. Er zog mit einer zweiten Tatze nach und schlich sich langsam auf ihren Schoß. Christa ließ es zu und streichelte ihn, während er versuchte, sich auf ihrem Bauch einzurollen, wobei er rechts und links überlappte.

„Na, geht es so?", fragte Christa ein wenig angetrunken. „Mach es dir ruhig bequem." Sie kicherte. „Das war gute Arbeit von dir heute, Redford. Kaum einen Tag da und schon lockst du mir einen Mann ins Haus!"

ICH FAND MEINEN SCHATZ IM FUNDBÜRO!

Alles begann mit diesem Fahrrad, das am Wegesrand ganz in der Nähe meiner Wohnung stand. Irgendjemand hatte es abgestellt, aber nicht abgeschlossen und als es eine Woche später immer noch dastand, dachte ich, ich sollte das vielleicht melden.

Womöglich war das Rad ja irgendjemandem geklaut worden und der Dieb hatte es danach einfach abgestellt, nachdem er es nicht mehr brauchen konnte. Oder er hatte es kaputtgefahren und wollte es auf diese Art „entsorgen".

Abgesehen davon, dass es eine Schweinerei ist, einfach Dinge irgendwo abzustellen und sich aus dem Staub zu machen, tat mir der mögliche Besitzer leid. In meiner Fantasie war es ein älterer Mann, der sich kein neues Rad leisten konnte und dieses hier schrecklich vermisste.

Ich ging zu dem Fahrrad und sah es mir genauer an. Es war tatsächlich ein Herrenrad, etwas älter schon, aber stabil, und es schien noch einigermaßen betriebstüchtig zu sein. Das Vorderrad war platt und die Lampe baumelte nur noch an einem Kabel, aber das war kein allzu großer Reparaturaufwand. Vorsichtig schob ich es zu mir nach Hause, wo ich es in den Keller stellte. Gleich am nächsten Morgen ging ich ins städtische Fundbüro.

Dort war ich noch nie zuvor gewesen. Es befand sich in unserem Rathaus, gleich gegenüber vom Standesamt, wie ich erstaunt feststellte.

Auch im Standesamt war ich noch nie gewesen. Ich bin ein kinderloser Single und hatte die Dienste eines Standesbeamten oder einer Standesbeamtin bislang noch nicht benötigt. Leider. Denn ich wäre gerne verheiratet und Kinder hätte ich auch gerne.

Am liebsten mit so einem Musterexemplar von einem Mann, wie er mir im Wartebereich gegenübersaß. Im Ernst: Auf der Seite, an der es zum Standesamt ging, saß ein attraktiver Enddreißiger und wartete.

Vermutlich will er ein Aufgebot bestellen, dachte ich, aber dann fiel mir ein, dass es so etwas gar nicht mehr gibt. Zu einer Eheschließung muss man sich nur anmelden, einen Ausweis vorzeigen, nachweisen, dass man ledig ist …

Eigentlich müssen aber beide Heiratswillige sich beim Standesamt vorstellen, dachte ich noch. Oder? Vielleicht genügt es ja, wenn einer eine Vollmacht mitbringt, überlegte ich weiter. Oder wohnte die Braut des Mannes mir gegenüber vielleicht ganz woanders und sie musste sich dort anmelden?

Ach Quatsch, sie müssen sich doch dort anmelden, wo sie auch heiraten, dachte ich dann. Sie müssen sich also entscheiden, ob sie hier oder dort einen Hochzeitstermin wollen …

Für jemanden, der noch nie verheiratet war, fiel mir zu diesem Thema eine ganze Menge ein, während ich darauf wartete, das gefundene Fahrrad melden zu können.

Mein Traummann wurde unterdessen von einer Standesbeamtin hereingerufen und als er die Tür hinter sich schloss, seufzte ich tief und herzerweichend. Da geht er hin, dachte ich, und will eine andere heiraten!

Ich saß dann noch ein paar Minuten still da, aber schließlich wurde es mir zu bunt mit der Warterei. Ich arbeite als Krankenschwester Schicht und musste zu Arbeit! Schließlich war ich eine ehrliche Finderin und keiner kann von mir erwarten, dass ich stundenlang in einer Behörde warte, damit ich einen Fund melden kann! Energisch klopfte ich an der Tür des Fundbüros. Ich klopfte insgesamt drei Mal und als sich dann immer noch niemand meldete, drückte ich einfach die Klinke herunter und - stellte fest, dass die Tür abgeschlossen war. Wie ärgerlich.

Und was jetzt?

In diesem Moment ging die Tür des Standesamtes wieder auf. Mein Traumprinz kam heraus und kratzte sich verlegen am Kopf.

„Das geht wirklich nur mit einem gültigen Personalausweis!", rief ihm die Standesbeamtin hinterher, „tut mir leid, da kann ich keine Ausnahme machen!"

Mein Traummann zuckte mit den Schultern, sagte: „Schon gut, dann komme ich eben wieder!", und verließ den Wartebereich, wobei er mir zum Abschied freundlicherweise ein Lächeln schenkte.

Eine schöne Stimme hat er ja, aber er ist wohl auch ein bisschen doof, mein Traummann, dachte ich noch und zuckte ebenfalls die Schultern. So wird das ja nichts mit seiner Hochzeit! Obwohl, aufgeschoben ist ja leider nicht aufgehoben …

Ich habe eine lebhafte Fantasie und sah schon seine Braut vor mir, die aus Ärger über seine Schusseligkeit die Verlobung löste, woraufhin er nun frei für mich war!

„Kann ich etwas für Sie tun?" Mit diesen Worten riss mich die Standesbeamtin aus meinen kühnen Träumen.

„Ich wollte ein Fahrrad als gefunden melden", antwortete ich stotternd.

„Oh, da haben Sie heute Pech", erklärte die Standesbeamtin, „die Kollegin, die das bearbeitet, ist auf einem Lehrgang. Aber sie ist übermorgen wieder da. Könnten Sie dann noch einmal wiederkommen?"

So ein Mist, dachte ich, jetzt bin ich völlig umsonst hergekommen, aber ich nickte trotzdem und lächelte freundlich. Die gute Frau konnte ja nichts dafür.

Auf meinem Nachhauseweg dachte ich unentwegt an dieses Prachtexemplar von einem Mann im Wartezimmer und obwohl er ja schon eine Braut hatte, ging er mir nicht mehr aus dem Kopf.

Im Gegenteil. Dieser Mann beflügelte meine Fantasie! Ich malte mir den Streit aus, den er mit seiner Braut hatte, in dessen Folge sie ihn verließ. Oder ich dachte, bis er zuhause seinen Personalausweis gefunden hätte, wäre ihm der Gedanke gekommen, dass dieser Aufschub ein Fingerzeig Gottes gewesen wäre und er löste von sich aus die Verlobung …

Als ich nachts in meinem Bett lag, wurden meine Träume verwegener. Warum nur hatte ich ihn nicht im Wartezimmer vor dem Standesamt direkt davon überzeugt, dass er mich heiraten müsse und keine andere? Ich hätte da schon ein paar Register ziehen können, dachte ich.

Aber am nächsten Morgen schlug ich mir den Mann aus dem Kopf, so gut es ging, und einen weiteren Tag später dachte ich schon beinahe nicht mehr an ihn. Erst als ich in Richtung Fundbüro lief, begann mein dummes, kleines Herz wieder, wild zu klopfen!

Im Wartezimmer angekommen, sah ich zwei Dinge auf einmal: zum einen, dass die Tür zum Fundbüro offenstand und zum anderen: IHN!

Er saß wieder im Wartezimmer, dieses Mal sicher mit einem Personalausweis in der Hosentasche und bereit, Nägel mit Köpfen zu machen.

„Meinen Sie, es klappt dieses Mal mit dem Aufgebot?", fragte ich ein wenig spöttisch, weil mir nichts Besseres einfiel und ich ihn aber nicht ohne ein Wort davonkommen lassen wollte.

„Wie bitte?", fragte der Mann zurück und sah mich erstaunt an.

„Ihnen fehlte doch letztes Mal nur noch der Personalausweis", sagte ich.

„Ja, das stimmt", antworte der Mann und lachte goldig, wobei er ein wenig gluckste. „Aber nicht zum Aufgebot bestellen!"

„Nein?", fragte ich neugierig und setzte mich einfach neben ihn, bereit, ein paar meiner Register zu ziehen.

„Nein", antwortete er. „Ich brauche eine öffentlich beglaubigte Vollmacht für meine Schwester. Sie will in meinem Heimatort eine Wiese verkaufen, die uns beiden gehört und wenn ich ihr eine Vollmacht schicke, muss ich nicht hinfahren und den Notartermin wahrnehmen."

„Ah, verstehe", sagte ich und nickte. „Wo ist denn Ihr Heimatort?"

Und schon waren wir beide mitten im Gespräch, kamen vom Hundertsten ins Tausende, boten uns das Du an und schraken zusammen, als die Standesbeamtin meinte, sie hätte jetzt Zeit für ihn. Ich begleitete Gerd – so heißt mein Traummann – ins Zimmer der Beamtin, wo er die Vollmacht beantragte und auch bekam.

Als wir wieder zurück im Wartebereich waren, beschlossen wir, einen Kaffee trinken zu gehen. Wir waren schon fast am Ausgang des Rathauses, als er sich zu mir umdrehte und fragte: „Was wolltest du eigentlich im Standesamt?"

Da fiel es mir wieder ein: Das Fahrrad!

Wir lachten und Gerd begleitete jetzt mich zurück zum Fundbüro, wo ich schließlich das gefundene Fahrrad meldete. Das dauerte leider etwas länger als erwartet und schließlich hatte ich keine Zeit mehr für einen Kaffee mit Gerd!

„Das habe ich nun als ehrliche Finderin davon!", maulte ich, nachdem ich feststellte, dass man mich dringend in der Klinik erwartete. Doch Gerd lachte nur, nahm meine Hand und sagte: „Das holen wir nach. Ganz schnell! Wir feiern zusammen den Verkauf der kleinen Wiese und gehen etwas essen - wenn du magst. Magst du?"

Da habe ich laut und deutlich „Ja" gesagt. Direkt vor dem Standesamt.

Wer weiß, vielleicht ist das ja ein gutes Omen ...

DAS GRÜNE T-SHIRT

„Was für ein schöner Tag!" Marlies strahlte ihre Freundin Helena an, während sie ein Lama am Halsband hielt. Es war ganz weiß und hatte dieses niedliche, vorwitzige Gesicht, das alle Kamelarten auszeichnet.

Helena strahlte zurück. „Ja, nicht wahr? Das war eine echt gute Idee, uns einer Lama-Wanderung anzuschließen!"

Helenas Meinung nach hatte sie das allerschönste Lama der Herde an ihrer Seite: Es war dunkelbraun und ungewöhnlich groß. Mit seiner leicht überstehenden Oberlippe sah er ausgesprochen selbstzufrieden aus, was Helena gut gefiel. Doch ihr gefiel noch etwas!

Helena hatte den Mann schon gesehen, als sie mit Marlies auf das Gelände von Herrn Wagner kam, der hinter einem einsam gelegenen Haus rund zwanzig Lamas hielt. Der Mann, der Helena so ins Auge fiel, war etwa so alt wie sie selbst und groß gewachsen. Er hatte dunkles Haar und einen sehr ernsthaften Gesichtsausdruck, den Helena unwiderstehlich fand.

Dieser Mann war augenscheinlich mit einer Gruppe Kollegen unterwegs, die ihren Betriebsausflug machte. Deshalb gluckten diese Kollegen auch immer beieinander. Jegliche Versuche von Seiten Helenas, sich in seine Nähe zu stellen, scheiterten, denn sie wurde immer wieder von jemandem abgedrängt.

Schließlich ging es daran, sich ein Lama auszusuchen. Helena hatte Glück und bekam nicht nur den großen Dunkelbraunen, sondern auch den Wanderstartplatz direkt hinter dem Mann, der ihr so gut gefiel. „Die Lamas", erklärte Herr Wagner, „werden unruhig, wenn sie nicht in Reih und Glied laufen dürfen. Deshalb achten Sie bitte darauf, immer hinter ihrem Vordermann zu bleiben!"

Diese Aufforderung befolgte Helena nur zu gern! Sie wollte ja die Lamas nicht nervös machen - und diesen Traummann aus den Augen verlieren wollte sie auch nicht. Dass ihre Freundin Marlies ein paar Lamas weiter vor ihr und daher außer Sichtweite war, kümmerte Helena hingegen nicht.

Es war eine ganze Stunde lang bergauf gegangen und weil die Sonne an diesem Tag unerbittlich schien, waren alle Wanderteilnehmer erschöpft und verschwitzt, als sie auf einer Anhöhe endlich eine Pause machen durften. Hier konnten die Lamas grasen und den Wanderern wurde eine deftige Brotzeit serviert.

Der junge Mann, der Helena so gefiel, saß nur wenige Plätze weiter, sah aber leider nicht in ihre Richtung. Immerhin hatte sie seinen Vornamen aufschnappen können: Martin.

Gelegentlich warf sie ihm einen Blick zu, während sie ansonsten mit Marlies plauderte, die sich zum Vesper neben sie gesetzt hatte. Einmal schaute dieser Martin sogar zurück und lächelte so nett, dass Helena verlegen die Augen senkte. Als sie wieder aufschaute, war der Moment vorbei. Zu dumm.

Eine weitere halbe Stunde später wurde es Zeit zum Aufbruch. Die Wanderteilnehmer sammelten ihre Lamas ein und führten sie den Weg zurück in ihr Freigelände. Auf dem Weg nach unten heftete sich Helena natürlich wieder an Martins Fersen, doch sobald die Gruppe zurück im Lamagehege war, verlor sie ihn aus den Augen. Helena geriet regelrecht in Panik, als sie ihn nirgendwo mehr entdeckte.

„Sicher ist er mit seinen Kollegen gleich weitergezogen", vermutete Marlies, die längst erkannt hatte, dass sich Helena für den jungen Mann interessierte. „Schau, von den anderen aus der Gruppe ist auch keiner mehr da."

„Sieht so aus", bestätigte Helena und ließ ihren Blick über das Gelände streifen. Ein paar Lamas standen beieinander, einige waren in ihre Ställe zurückgelaufen. Von den Teilnehmern der Wanderung standen nur noch ein paar bei ihren Tieren, um sie zu striegeln oder mit Möhren zu füttern. „Schade", sagte Helena zu Marlies. „Dieser Martin hat mir richtig gut gefallen."

„Es ist immer schwierig, den ersten Schritt zu machen", philosophierte Marlies, „dabei bricht man sich eigentlich gar keinen Zacken aus der Krone."

„Da hast du natürlich recht, aber es geht nicht um den Zacken, den man sich aus der Krone bricht", antwortete Helena. „Es geht darum, ob man sich traut. Und ich habe mich leider nicht getraut, ihn unter seinen Kollegen einfach anzusprechen. Das nächste Mal bin ich vielleicht mutiger! Nur: Für diesen Martin wird es kein nächstes Mal mehr geben. Ich weiß weder seinen Nachnamen noch, wo er wohnt …"

„Vielleicht verrät dir das der freundliche Besitzer der Lamas?", überlegte Marlies.

Gute Idee, dachte Helena und ging in dessen Büro: „Herr Wagner", sprach sie ihn an, „da waren doch heute ein paar Leute auf einem Betriebsausflug dabei. Können Sie mir bitte sagen, woher sie kamen?"

„Sie waren von einer Firma aus Speyer, aber warum interessiert Sie das?", fragte Herr Wagner und schmunzelte.

„Da war ein Mann namens Martin …", stotterte Helena verlegen.

„Ah", meinte Herr Wagner, „da kann ich Ihnen aber leider nicht weiterhelfen. Der Betriebsausflug wurde von der Personalabteilung dieser Firma gebucht. Man hat mir nur gesagt, wie viele

Mitarbeiter kommen, aber nicht, wie sie heißen. Und nähere Auskünfte darf ich Ihnen aus Datenschutzgründen ohnehin nicht geben."

Enttäuscht ging Helena zurück zu Marlies auf das Freigelände und verabschiedete sich von ihrem Lama. Schade, dachte sie, schade, schade, schade.

Zwei Tage später hatte Helena noch immer damit zu tun, sich diesen Martin aus dem Kopf zu schlagen. Eine Firma in Speyer, grübelte sie, aber diese Information war für Nachforschungen zu wenig.

Da erhielt sie eine denkwürdige Rundmail, die Herr Wagner an alle Teilnehmer der Lama-Wandertour geschickt hatte: Jemand habe ein grünes Sweatshirt liegen lassen und möge sich doch bitte bei ihm melden.

Normalerweise verschickt man Rundmails, in dem man die Adressen als Blindkopien eingibt, damit kein Empfänger die Adressen der anderen Empfänger einsehen kann. Das hatte Herr Wagner wohl nicht gewusst oder vergessen. Bei dieser E-Mail waren alle Empfängeradressen sichtbar!

So konnte Helena auch die E-Mailadresse der Speyerer Firma sehen, deren Namen sie daraufhin wusste. Ob sie dort anrufen und sich nach einem Martin durchfragen sollte? Helena beschloss, eine Nacht darüber zu schlafen, bevor sie das entscheiden würde.

Doch sie hatte Glück! Am nächsten Morgen hatte Helena Post von einem Unbekannten in ihrem virtuellen Briefkasten:

„Liebe Helena", schrieb er, „die Personalabteilung hat mir gerade diese E-Mail des Lamabesitzers weitergeleitet und gefragt, ob ich ein grünes Sweatshirt vermisse. Nein, das tue ich nicht, aber ich ärgere mich schon seit Tagen, dass ich dich bei der Lama-Wanderung nicht angesprochen habe. Ich würde dich so gerne näher kennenlernen. Nun habe ich aber glücklicherweise deine Mailadresse entdeckt und versuche es über diesen Weg. Wahrscheinlich weißt du gar nicht, wer ich bin, aber du bist bei der Lama-Wanderung mit deinem Tier immer hinter mir gelaufen. Ich mag mir gar nicht ausdenken, was für einen Eindruck du dabei von mir hattest, aber ehrlich, von vorne sehe ich ganz passabel aus. Wenn du mich also auch kennenlernen möchtest, würde ich mich freuen …"

Helena stiegen Tränen des Glücks in die Augen. Sobald sie sich wieder beruhigt hatte, holte sie tief Luft und antwortete Martin: Ja, sie wolle ihn auch kennenlernen und nein, keine Sorge, von hinten sähe er auch nicht schlecht aus.

Danach flogen die E-Mails nur so hin und her und alles ging sehr schnell: Helena und Martin verabredeten sich für das nächste Wochenende, gingen zusammen essen und kamen sich näher.

Wer auch immer das grüne Sweatshirt liegen ließ, brachte den beiden das ganz große Glück. Oder war es doch eher die Schusseligkeit von Herrn Wagner, die ihnen das große Glück brachte, weil er nicht sorgfältig darauf geachtet hatte, die Empfängeradressen zu verbergen?

Manchmal geht Helena gedanklich sogar noch einen Schritt weiter. Dann fragt sie sich, ob es überhaupt jemals ein grünes Sweatshirt gab. Könnte es nicht auch sein, dass Herr Wagner es erfunden hatte, um sehr diskret Amor zu spielen?

Falls ja, war ihm das jedenfalls gelungen!

VERFLIXTES PÄCKCHEN!

Der Umzug war der reinste Horror gewesen. Ich hatte es mir leichter vorgestellt, aus der Stadt aufs Land zu ziehen!

Alles begann mit meiner neuen Stelle in einem großen Betrieb eines renommierten Wohnmobilherstellers. Der Arbeitsplatz lag ländlich, wenn auch in der Nähe der Stadt, in der ich wohnte.

Doch ich wollte die Gelegenheit nutzen, mir einen großen Traum zu erfüllen, nämlich den, auf einem Dorf zu leben. Am liebsten auf einem Bauernhof oder doch wenigstens zwischen ein paar Bauernhöfen! Doch eine derart schön gelegene Wohnung zu finden, war gar nicht so einfach.

Wann immer ich ein Wohnungsinserat fand, nach dessen Beschreibung die Wohnung einigermaßen passen könnte, war ich eine der ersten, die anrief, um einen Termin auszumachen. Doch entweder entsprach die Wohnung dann doch nicht meinen Vorstellungen oder der Vermieter entschied sich für einen anderen Bewerber. Das war zwar traurig, aber nicht zu ändern.

Aber ich blieb am Ball und schließlich hatte der Bewerbungsmarathon ein Ende! Ich fand eine ganz entzückende Wohnung in einem Neubau, der genau zwischen zwei alten Bauernhöfen erstellt worden war. Die Wohnung war auch von der Größe her perfekt und zu meinem großen Glück spielte auch noch der Vermieter mit!

Dann kam der Papierkram und schließlich der eigentliche Umzug. Ich hatte nicht gewusst, wie viel Krempel ich in diesem Leben bereits angesammelt hatte und beschloss, alles, was ich nicht mehr brauchte, zu verschenken. Dazu veranstaltete ich mehrere Partys, bei denen meine Gäste mitnehmen konnten, was ich aussortiert hatte. Der Rest kam in den Müll.

Derart erleichtert kam dann der große Tag, an dem die Umzugsfirma mit einem mittelgroßen Wagen vorfuhr und alle Möbel und Kisten vierzig Kilometer weiter in die neue Wohnung transportierte.

Ich war selig, als alles da stand, wo ich es mir vorgestellt hatte und ich endlich meine Kisten wieder auspacken konnte! Leider hatte ich im Vorfeld an eins nicht gedacht: an Vorhänge! In meinem Wohn- und Esszimmer gingen die Fenster in Richtung der Felder, hier konnte niemand hereinschauen. Aber ausgerechnet mein Schlafzimmerfenster hatte Blick auf den Nachbarhof. Zwar konnte ich nachts die Rollläden hinunterlassen, aber auch tagsüber war es mir lieber, wenn niemand hereinschauen konnte.

Also mussten Vorhänge her, und zwar schnellstmöglich! Eine Schiene war bereits angebracht, das war kein Problem. Ich erinnerte mich, dass es ein

Versandhaus gab, das bereits genähte Gardinen verschickte. Schnell maß ich die Fenster aus, schaute im Internet nach den verschiedenen Modellen und bestellte mir blickdichte Gardinen für das Schlafzimmer. Sie sollten bereits innerhalb der nächsten zwei Tage geliefert werden.

Tatsächlich hatte ich wenig später bereits eine Nachricht in meinem Briefkasten: Ein Päckchen war angekommen und bei den Nachbarn abgegeben worden. Toll, dachte ich mir, dann kann ich mich bei dieser Gelegenheit auch gleich vorstellen!

Ich verließ meine Wohnung und suchte nach der vom Postboten aufnotierten Adresse. Es war das Bauernhaus links von mir, dessen Eingang durch ein riesiges, hölzernes Hoftor verschlossen war. In diesem Hoftor war eine kleinere Haustüre eingelassen worden, wo ich auch das Klingelschild entdeckte. „Wembacher" stand darauf. Ich glich den Namen mit dem Gekritzel des Postboten ab. Ja, hier war ich richtig! Also klingelte ich.

Nichts geschah.

Ich klingelte erneut. Noch immer nichts. Ich klingelte ein drittes Mal und hörte dann, wie jemand in Richtung Tür schlurfte. Ich klopfte zur Bestätigung, dass ich noch immer da sei und warte.

„Wir kaufen nichts!", krächzte daraufhin eine Stimme hinter der Tür hervor.

„Ich möchte nichts verkaufen", rief ich durch die Tür hindurch. „Sie haben ein Päckchen für mich!"

„Verschwinden Sie! Wir geben auch nichts!", kam es von hinter der Tür. Ich konnte schwer einschätzen, wer da sprach. Eine alte Frau vermutlich.

„Frau Wembacher", versuchte ich es erneut, „ich wollte nur mein Päckchen …" Ich verstummte, als ich hörte, wie die Frau wieder davonschlurfte.

Na toll! Jetzt waren meine Gardinen in ausgerechnet dem Haushalt verschwunden, vor dessen Blicken ich mich hatte schützen wollen. Was nun?

Ich überlegte. Eine ältere Frau, der das Gehen und Hören schwerfiel, würde niemals alleine in einem so großen Bauernhaus wohnen. Wahrscheinlich lebten dort noch mehrere Generationen in einem Haus, so wie ich es mir übrigens heimlich auch immer für mich gewünscht hätte: Mit einem Mann, Oma und Opa und ein, zwei Kindern …

Ich suchte im Telefon nach dem Namen Wembacher und fand mehrere Einträge. Es schien ein gängiger Name in der Region zu sein. Ich glich die Telefonnummern mit den Adressen ab und fand schnell, was ich suchte. Gegen Abend rief ich im Nachbarshof an. Dieses Mal war es der Stimme nach ein junger Mann, der an den Apparat ging. „Wembacher", meldete er sich knapp.

„Mein Name ist … Janina Gruber", sagte ich stockend. „Ich bin eine neue Nachbarin."

„Ja", antwortete er freundlich. „Wir haben schon ein Päckchen für Sie!"

„Oh, wann kann ich es mir abholen?", fragte ich erleichtert, weil er bereits wusste, worum es ging.

„Jederzeit", antwortete er.

„Nun", begann ich zögerlich. „Als ich heute Mittag kam, wurde mir nicht geöffnet. Eine ältere Dame meinte, sie kaufe nichts."

Herr Wembacher begann zu lachen. „Das war bestimmt unsere Großmutter", sagte er. „Sie ist 92 Jahre alt und eigentlich noch topfit. Aber manchmal ein wenig stur …"

Jetzt lachte auch ich.

„Wenn es Ihnen nichts ausmacht, dann kommen sie doch gleich herüber und holen Ihr Päckchen", fuhr Herr Wembacher fort. „Geht das?"

„Aber ja, gerne!", antwortete ich. „Bis gleich."

Keine drei Minuten später stand ich erneut vor dem großen Hoftor. Dieses Mal war die Haustüre bereits geöffnet und ich schlüpfte hinein. Zu meiner Überraschung waren das Haus und die Stallungen dahinter viel größer, als ich sie mir von außen vorgestellt hatte. Fast ehrfürchtig lief ich zum Wohnhaus, wo ich schüchtern an die Tür klopfte.

Der Mann, der mir öffnete, war vermutlich auch derjenige gewesen, mit dem ich telefoniert hatte, denn er nickte nur freundlich und reichte mir die

Hand. „Kommen Sie doch herein. Ich stelle Ihnen meine Großmutter vor, vielleicht klappt es dann nächstes Mal besser mit der Kommunikation." Er kicherte ein wenig. „Es war ohnehin schon verwunderlich, dass sie Ihr Klingeln gehört hatte."

Ich folgte ihm, ohne etwas zu sagen, denn ich hatte genug damit zu tun, alle Eindrücke zu verarbeiten, die gerade auf mich einströmten. Da war dieser überaus gutaussehende Mann meines Alters vor mir, der so gekleidet war, als wäre er direkt von der Feldarbeit gekommen, da war das alte Haus, das liebevoll renoviert und möbliert war und – da war die Großmutter, die in der Küche am Tisch saß und freundlich lächelte.

Nach dem harschen: „Wir kaufen nichts", hatte ich mit diesem Lächeln überhaupt nicht gerechnet, aber es traf mich direkt ins Herz. Ich ging auf die alte Dame zu und reichte auch ihr die Hand. „Ich bin die neue Nachbarin", sagte ich.

„Wie bitte?", fragte die Frau. „Ich höre leider nicht mehr so gut."

„Ich bin die neue Nachbarin", schrie ich und der junge Mann lachte.

„Wie heißt du denn?", fragte die Frau.

„Gruber", antwortete ich.

„Und der Vorname? Wir sagen hier alle „du" zueinander, wenn wir schon Nachbarn sind."

„Janina."

„Janina, ich bin die Else. Und das ist Bastian, mein Enkel. Sein Vater Rüdiger ist noch auf dem Feld und Rüdigers Frau ist heute eine Freundin besuchen. Aber die lernst du bestimmt auch noch kennen."

Ich schwieg beeindruckt. Das waren für den Anfang ein wenig mehr Informationen, als ich erwartet hätte. Zudem wusste ich auch nichts mehr zu sagen.

„Bist du verheiratet?", fragte Else unverblümt.

„Nein, noch nicht", antwortete ich verlegen.

„Na, der Bastian ist noch zu haben", meinte Else.

Bastian lachte. „Sie versucht es immer wieder", zuckte er entschuldigend mit den Schultern. Ich lachte mit.

„Komm", sagte Bastian. „Dein Päckchen steht draußen."

„Danke", sagte ich, als er es mir in die Hand drückte.

„Bis bald", antwortete er. Und als ich schon fast aus der Tür war, fügte er leise hinzu: „Ich bin übrigens wirklich noch zu haben. Meinst du, wir könnten mal zusammen ausgehen?"

Ich grinste breit und nickte.

Und das taten wir dann auch. Wir gingen einmal aus, zweimal und dann immer öfter. Schließlich war auch Else klar, dass ihr Enkel „nicht mehr zu haben" war. Aber mit seiner Wahl war sie mehr als einverstanden, das zeigte sie mir immer wieder!

Sie lebte nicht mehr lange. An einem schönen Morgen stand sie einfach nicht mehr auf. Sie war für immer eingeschlafen. Ganz friedlich lag sie in ihrem Bett und lächelte.

Die Beerdigung war schlicht, aber fast das ganze Dorf war da. Ich stand an Bastians Seite, wie es sich gehört und alle kondolierten auch mir, als wäre ich bereits Teil der Familie.

„Das bist du doch auch", sagte Bastian, als ich ihn nach der Trauerfeier darauf ansprach. „Es wäre übrigens schön, wenn du jetzt auch zu uns ziehen würdest …"

Mittlerweile lebe ich, wie ich es mir immer erträumt hatte: mit meinem Mann und seinen Eltern unter einem Dach. Die dritte Generation, die mit den Kindern, ist bereits in Arbeit …

SAG DIE WAHRHEIT!

Jana war sehr aufgeregt, als sie ihre neue Stelle im angesagtesten Café der Stadt antrat. Nachdem ihr ehemaliger Chef aus Altersgründen sein Restaurant geschlossen hatte, war es erst schwer gewesen, etwas Neues zu finden. Umso glücklicher war Jana, als die Zusage des Cafébesitzers eintrudelte. Wann sie anfangen könne? „Gleich morgen", hatte Jana gesagt.

Mit Selina, der Kollegin, die sie einarbeiten sollte, verstand sich Jana auf Anhieb. Schon nach ein paar Tagen waren die beiden ein eingespieltes Team. Wenn außerhalb der Stoßzeiten etwas Zeit war, sprachen sie auch über persönliche Dinge. Selina war glücklich verheiratet und Mutter von zwei Jungen, Jana noch Single.

„Aber der Mann da drüben, der würde mir so richtig gut gefallen!", gab Jana zu und zeigte mit dem Kopf in die Richtung, in der ihr Traummann saß.

„Oh, verstehe", sagte Selina andächtig, als sie sich den Mann betrachtet hatte. „Bei dem hast du leider keine Chance, der ist verheiratet. Aber einen tollen Geschmack hast du, das muss man schon sagen!"

„Woher weißt du, dass er verheiratet ist?", fragte Jana. „Er trägt keinen Ring!"

„Das ist Bernhard Meinzer, der Fußballtrainer der Jugendfußballmannschaft. Da spielt mein Jüngster mit, daher kenne ich den Mann."

„Aber er trägt doch gar keinen Ring ...", wiederholte Jana.

„Nein, das nicht, aber was heißt das schon? Er spricht immer von seiner Frau, vor allem, wenn ihn die Fußballmütter umlagern", meinte Selina.

In diesem Moment trat ein weiterer Mann auf die beiden zu. „Entschuldigen Sie bitte", sagte er höflich. „Ich möchte nicht stören, aber wäre es möglich, ein Catering bei Ihnen zu buchen? Ich habe bald Geburtstag und möchte groß feiern."

„Aber ja", antwortete Jana und warf Bernhard Meinzer am Nebentisch noch einen schmachtenden Blick zu. „Wir gehen am besten ins Nebenzimmer und besprechen die Details. Wenn Sie mir bitte folgen wollen?"

Im Nebenzimmer wurden sich die beiden schnell einig. Catering für zwanzig Personen, Häppchen, Fingerfood, ein riesiger Topf Gulaschsuppe und verschiedene Törtchen als Dessert. Jana ging mit ihrem Kunden die einzelnen Möglichkeiten durch und stellte dabei amüsiert fest, dass er mit ihr flirtete. Schließlich fragte er charmant: „Sie kommen doch auch zu meinem Geburtstag?"

Jana lachte. „Höchstens, um mich davon zu überzeugen, dass Sie auch alles bekommen, was Sie heute bestellt haben", antwortete sie und wurde rot. Dabei musste sie zugeben, dass auch dieser Mann attraktiv war. Udo Kunz hieß er und als Jana das Bestellformular für ihn ausfüllte, zitterten ihr ein wenig die Finger.

„Hat alles geklappt?", fragte Selina, als die beiden aus dem Nebenzimmer zurückkamen.

Jana nickte, verabschiedete sich von Herrn Kunz und flüsterte Selina zu: „Er hat mich eingeladen!"

„Und, ist er verheiratet?", fragte Selina.

„Keine Ahnung. Einen Ring trägt er nicht."

In diesem Moment kam Bernhard Meinzer an die Kasse, weil er bezahlen wollte. Selina kassierte ihn ab, aber Bernhard hatte nur Augen für Jana. Erst, als er seine Quittung entgegennahm, sagte er zu Selina: „Sie kommen doch Sonntag wieder zum Spiel?"

„Ehrensache", antwortete Selina. „Ein Regionalligaspiel verpasse ich doch nicht!"

„Bringen Sie doch Ihre Kollegin mit", schlug Bernhard vor.

Jana verschlug es den Atem und sie errötete.

„Mal sehen", antwortete Selina diplomatisch.

Am nächsten Tag kam Udo Kunz erneut in das Café, weil er an seiner Catering-Bestellung etwas ändern wollte. „Kürbissuppe statt Gulaschsuppe, ich hatte ganz die Vegetarier unter unseren Freunden vergessen!", sagte er. „Geht das auch?"

„Natürlich", antwortete Jana und ging mit ihm wieder ins Nebenzimmer, um die Bestellung zu ändern. Dort verwickelte Udo sie in ein Gespräch, machte ein paar Scherze und brachte sie zum Lachen. Mit erhitztem Kopf kam Jana aus dem Nebenzimmer zurück an die Theke.

„Oh, der Mann legt sich ins Zeug", stellte Selina trocken fest.

„Ja, er hat mich für heute Abend zum Essen eingeladen", gab Jana zu.

„Wie, heute Abend zum Essen und am Samstag zur Geburtstagsparty? Der geht aber ran! Und, hast du zugesagt?"

Ja, hatte sie. Jana hatte ohnehin nichts Besseres vorgehabt und war für die kleine Abwechslung dankbar. Es wurde auch ein netter Abend. Udo hatte sie abgeholt und in ein romantisches Lokal in der Innenstadt eingeladen, wo sie sich ein dreigängiges Menü gönnten.

Es war eine sternenklare Nacht und als sie nach dem Essen vor der Tür des Restaurants standen, bot Udo ihr an, noch ein paar Schritte durch die Altstadt zu laufen. Dabei legte er den Arm um sie und als Jana später die Auslagen einer Boutique betrachtete, umschloss er sie von hinten und küsste ihren Nacken.

Jana lachte und drehte sich um. Sie hatte Rotwein getrunken und Gefallen an Udo gefunden. „Nicht so schnell", wehrte sie seine Zärtlichkeiten ab, aber gleichzeitig wünschte sie, er würde niemals damit aufhören.

Udo spürte ihr Zaudern und küsste sie schließlich. „Du bist so eine schöne Frau, Jana, warum bist du mir nur nicht früher begegnet?", stöhnte er, als ihre Lippen sich gelöst hatten.

„Wie meinst du das?", fragte Jana verwirrt.

„Ich …", stammelte Udo verlegen und da fiel es ihr wie Schuppen von den Augen.

„Du bist verheiratet!", stellte sie ernüchtert fest und er nickte. „Aber du trägst gar keinen Ring!", empörte sie sich.

„Das hat doch nichts zu sagen", verteidigte sich Udo, aber Jana hörte schon nicht mehr zu, sondern rannte einfach davon. Sie fand ein Taxi, sprang hinein und fing an zu weinen. Udo war verheiratet! Gott sei Dank hatte sie das erfahren, bevor mehr passiert war!

„Wie war's?", fragte Selina am nächsten Morgen.

„Frag nicht", antwortete Jana, „er ist verheiratet. Trägt aber auch keinen Ring. Scheint eine nur Männer betreffende Ring-Allergie zu sein." Doch ihr Versuch, tapfer zu sein, scheiterte, denn schon traten ihr wieder Tränen in die Augen.

Selina legte tröstend den Arm um sie. „Wenn du am Wochenende nichts vorhast, komm doch mit auf den Sportplatz. Ich meine, bevor du alleine rumsitzt und weinst ..."

Jana überlegte es sich. Nun gut, etwas frische Luft würde ihr gut tun und es war ein strahlend schöner Tag. Vielleicht war es nicht das Schlechteste, sich unter die Fußballfans des Städtchens zu mischen und einem Regionalligaspiel zuzusehen, wobei Jana sich eingestehen musste, dass sie keine Ahnung von Fußball hatte.

Aber das machte nichts! Unter begeisterten Fans, vielen „Buh"- und „Tor"-Rufen übertrug sich die aufgeregte Stimmung auch auf sie. Selinas Sohn schoss das entscheidende Tor zum Sieg. Alle jubelten, auch Jana.

Sie hatte beinahe vergessen, dass Bernhard mit auf dem Platz sein würde, aber er brachte sich selbst wieder in Erinnerung.

„Wie gefällt es Ihnen hier bei uns?", fragte er nach dem Spiel.

„Danke, gut", antwortete Jana und wollte schon weiterlaufen, als er sie aufhielt: „Wollen Sie nicht noch ein wenig bleiben und ein Glas Sekt mit uns trinken? Wir haben schließlich gewonnen."

„Herzlichen Glückwunsch", antwortete Jana kühl. „Aber von verheirateten Männern habe ich derzeit gerade die Nase voll."

Bernhard stutzte erst und nickte schließlich, als er verstanden hatte. „Bitte sagen Sie es nicht weiter, aber ich bin nicht verheiratet", gestand er schließlich.

Jana lachte laut auf. „Nicht? Wo Sie doch dauernd von Ihrer Frau reden?"

„Ja, das stimmt und ich weiß, das war ein Fehler. Von den Fußballmüttern sind manche sehr …", er hüstelte, „anhänglich. Daher habe ich von Anfang an so getan, als wäre ich verheiratet. Das lief ganz gut und ich bekam kaum noch Avancen gemacht. Ich hatte mir schon überlegt, ob ich mir sogar einen Ring kaufe." Er lächelte schief und deutlich verlegen, wobei er wie ein begossener Pudel aussah. „Ich habe mir nie überlegt, was das bedeutet, wenn ich eine Frau treffe, die mir wirklich gefällt."

Jetzt musste auch Jana lachen und ließ sich überreden, mit der Mannschaft noch einen trinken zu gehen. Er war ja ohnehin ihre erste Wahl gewesen, dieser Bernhard, und wer weiß, vielleicht war er ja bald wirklich verheiratet … Vielleicht sogar mit ihr?

AMORS PFEIL
TRAF EINE KATZE

Wir wissen natürlich nicht, ob es Absicht und mit Weitsicht in die Wege geleitet war oder nur Zufall. Möglicherweise hatte Amor vielleicht sogar einen Schwips und traf deshalb nicht die Frau im roten Kleid, sondern eine kleine Katze. Zu Amors Ehrenrettung könnte man auch erwähnen, dass es an diesem Tag in Strömen regnete, was mit Sicherheit die Sicht trübte.

Nachdem nun aber die kleine Katze vom Liebespfeil getroffen war, entwickelte sich die folgende Geschichte:

Der Regen kam so plötzlich, dass er eine Frau im roten Kleid erwischte, die gerade an einer Terrassentür vorbeilief und vor lauter Schreck die kleine Katze nicht bemerkte, die davor saß und miaute. Während die Frau sich duckte und auf ihren hohen Absätzen so schnell wie möglich das Weite suchte, drückte sich die kleine Katze an die Fensterscheibe und miaute erbärmlich. Sie war weiß mit schwarzen und roten Flecken.

„Schau mal Mami, eine Glückskatze!", freute sich das kleine Mädchen, das hinter der Scheibe gespielt und das Kätzchen gehört hatte. Klara öffnete dem Tier die Tür, das ohne Scheu eintrat und sich streicheln ließ. Es drückte sein Köpfchen förmlich in die kleinen Kinderhände und schnurrte.

Klara gluckste vor Freude. „Dürfen wir sie behalten?", fragte sie ihre Mutter, die in diesem Moment ins Wohnzimmer kam. „Wir wissen doch gar nicht, woher sie kommt", antwortete Maria. „Vermutlich gehört sie jemandem in der Nachbarschaft. Dem können wir sie ja nicht wegnehmen."

„Sie hat bestimmt Hunger", vermutete ihre Tochter und holte dem Kätzchen eine Schale Milch. Das Tier leckte die Schale ganz aus, legte sich danach in Klaras Schoß und machte Anstalten, darin einzuschlafen. Sie wieder zurück in den Regen zu setzen, kam anscheinend nicht mehr infrage.

„Morgen besorgen wir vernünftiges Katzenfutter und ich hänge Zettel im Umkreis auf: ‚Katze zugelaufen'. Sonst weint vielleicht ein anderes Kind, wenn ihre Katze nicht nach Hause kommt", bestimmte Maria. Klara freute sich und nahm die Katze abends natürlich mit ins Bett.

Als Maria später in das Kinderzimmer schaute, schlief ihre Tochter lächelnd mit der kleinen Katze im Arm. Es war das erste Mal seit langem, dass Maria Klara im Schlaf lächeln sah. Die beiden hatten es in der letzten Zeit nicht leicht gehabt. Marias Mann, Klaras Vater, war vor etwa zwei Jahren an Krebs verstorben. Zwischen Diagnose und Tod hatten nur fünf Monate gelegen – für alle eine schreckliche Zeit.

Klara musste viel zu früh lernen, dass nichts im Leben für immer und ewig ist und dass man das, was man am meisten liebt, jederzeit verlieren kann. Von da an hatte sich das Kind noch enger an ihre Mutter geklammert und wollte auch nachts nicht mehr allein sein. Es dauerte Monate, bevor Klara wieder versuchte, in ihrem eigenen Zimmer zu übernachten. Aber wenn sie nachts aus Alpträumen hochschreckte, krabbelte sie doch wieder zu ihrer Mutter ins Bett.

Aber jetzt war eine kleine Katze gekommen und das Kind lächelte selig im Schlaf! Es war wie ein Wunder.

Gleich am nächsten Morgen, nachdem sie Klara in die Schule gebracht hatte, kaufte Maria Katzenfutter, hängte aber auch die „Zugelaufen"-Zettel auf.

Es dauerte nur zwei Tage, bis ein Mann anrief: „Sie haben meine Katze?", fragte er. „Ja, möglicherweise", antwortete Maria traurig, denn sie hatte gehofft, die kleine Glückskatze hätte länger bei ihnen bleiben dürfen. „Wie heißt sie denn?", fragte sie dann, um Zeit zu gewinnen.

„Leni", antwortete der Mann mit einem sympathischen Lächeln in der Stimme. „Ich vermisse sie schon seit Tagen!"

Maria sah, wie Klara mit dem Kätzchen schmuste. Ihr Herz wurde schwer. Klara würde wieder etwas verlieren, was ihr lieb war. Maria nahm das Telefon, ging in ihr Schlafzimmer und schloss die Tür hinter sich. „Sie können Ihre Katze jetzt natürlich gerne abholen", sagte sie, „aber Sie können sich auch überlegen, ob Sie sie uns nicht lassen möchten. Ihre Leni fühlt sich wohl hier und meine Tochter ist total verliebt in sie. Klara hat erst vor zwei Jahren ihren Vater verloren."

Sie wusste nicht, warum sie einem Fremden gegenüber so ehrlich war, aber erst als sie diese Sätze gesagt hatte, merkte sie, dass ihr Tränen über das Gesicht liefen. Sie weinte am Telefon vor einem Fremden, weil ihr Mann gestorben war und weil sie ihr Kind nicht vor Verlusten schützen konnte. Sie weinte, weil das, was jetzt gleich passieren würde, ihrer Tochter Klara weh tun würde – und ihr natürlich auch.

Der Mann am Ende der Telefonleitung zögerte.

„Sicher haben Sie auch ein Kind, das an der Katze hängt", sagte Maria schnell. „Es tut mir leid, ich wollte Sie nicht mit meinen Problemen bedrängen." Dann gab sie ihm ihre Adresse und legte auf.

Als sie ins Wohnzimmer zurück kam, sah sie, dass auch Klara geweint hatte. Das Kind wusste bereits Bescheid. „Wir suchen dir ein neues Kätzchen!", versprach Maria. Klara presste ihre Lippen aufeinander und zum ersten Mal, seit ihr Vater gestorben war, zeigte sie wieder so etwas wie Stärke: „Ich will aber diese Katze", sagte sie. Sie sagte es nicht wie ein störrisches Kind, sondern wie eine Erwachsene, die eine Entscheidung trifft.

„Klara, der Mann wird gleich kommen und diese Katze holen", sagte Maria. „Sie heißt übrigens Leni."

Klara nickte unter Tränen. Sie sah ein, dass sie die Katze hergeben musste, wie sie auch damals ihren Vater hatte gehen lassen müssen. Sobald es an der Tür klingelte, drückte Klara die Katze zum Abschied noch einmal fest an sich, setzte sie dann aber vorsichtig auf den Boden und ließ sie los. Leni schien sich zu wundern und putzte sich verlegen.

Der Mann lächelte freundlich, als Maria ihm öffnete. „Hallo, ich komme wegen Leni. Ich hatte mich noch gar nicht vorgestellt: Joachim Bauer. Sie sind Frau Weiß?"

„Ja", antwortete sie, während sie den Mann in die Wohnung führte, „und das ist meine Tochter Klara."

Leni war zwischenzeitlich wieder zu Klara geschlüpft, die jetzt am Boden saß und mit ihr spielte. Die beiden sahen zuckersüß aus. Herr Bauer lächelte. „Du hast die Kleine gefunden?", fragte er Klara, während er sich einfach zu ihr auf den Boden setzte.

Klara nickte: „Sie stand draußen auf der Terrasse und miaute immerzu. Es regnete."

„Weißt du, die Leni ist gar nicht meine Katze, sie gehört eigentlich meiner Schwester", sagte der

Mann sanft. „Ich habe dir ein Foto mitgebracht."
Er griff in seine Anzugtasche und zog ein Foto
heraus. Es zeigte eine blonde Frau mit einem
Kätzchen auf dem Arm, das Leni aufs Haar glich.
„Aber meine Schwester ist vor einigen Monaten
der Liebe wegen nach Amerika gezogen", fuhr
der Mann fort. „Damals hatte sie mich gebeten,
ihre Katze zu übernehmen. Weil ich meine
Schwester mag und Leni ein nettes Kätzchen ist,
habe ich das natürlich gerne gemacht. Doch es hat
Leni bei mir anscheinend nicht so recht gefallen,
denn ich arbeite viel und sie musste daher oft allein sein. Da ist sie jetzt wohl ausgebüxt, um sich
ein neues Zuhause zu suchen."

„Darf ich sie etwa behalten?", fragte Klara hoffnungsvoll, die sofort verstanden hatte, worauf der
fremde Mann hinauswollte.

Tatsächlich nickte er: „Aber nur, wenn ich sie gelegentlich besuchen kommen darf." Klara
strahlte. „Abgemacht?", fragte Herr Bauer und
die beiden gaben sich feierlich die Hände.

„Dann komme ich am besten gleich morgen wieder", sagte der Mann jetzt zu Maria gewandt,
„denn ich habe noch einige Sachen von Leni zuhause. Einen Kratzbaum, ein großes Katzenklo,
Katzenstreu, Spielsachen, Futter ... was eine
Katze halt so braucht."

„Ich kann die Sachen auch abholen", sagte Maria
schnell. „Sie sind so großzügig, da will ich nicht,

dass Sie sich auch noch so viel Mühe machen …"
„Es ist keine Mühe", antwortete er. „Ich wollte nur erst einmal schauen, wohin die kleine Leni kommt, wenn ich sie hergebe. Ich muss das ja auch vor meiner Schwester verantworten."

Dann strich er Klara über den Kopf und sagte: „Meine Schwester wird hocherfreut sein, wenn sie erfährt, dass es der Leni hier so gut geht! Klara, du kannst dir ja schon einmal überlegen, wo der Kratzbaum hin soll. Ein Fensterplatz wäre am schönsten, damit die Leni hinausschauen kann, wenn sie drauf liegt. Vielleicht in deinem Zimmer?"

Mit Leni und Joachims Einwilligung, sie behalten zu dürfen, kam das Leben wieder zurück in Marias Wohnung.

Ende gut, alles gut, möchte man meinen. Man könnte auch denken, Amor hätte das alles tatsächlich geplant. Aber er hatte noch Nachschub in seinem Köcher. Dieses Mal sah es aber mehr wie ein gezielter Schuss aus und er traf Maria und Joachim gleichermaßen.

Die Ruhe, die Joachim bei seinen Besuchen mitbrachte – und die im krassen Gegensatz zu der Lebendigkeit stand, mit der Klara und Leni durch die Wohnung sprangen – gab auch Maria etwas von dem Frieden wieder, den sie mit dem Tod ihres Mannes verloren hatte.

Es war keine Liebe auf den ersten Blick und auch nichts Stürmisches, Leidenschaftliches. Dafür war es ein wachsendes Gefühl von Innigkeit und Tiefe, das sie zusammenbrachte. Immer öfter war Joachim abends bei ihnen geblieben, hatte Klara ins Bett gebracht und sich dann stundenlang mit Maria unterhalten.

Irgendwann einmal saßen sie alle vier auf dem Sofa und beschlossen, zusammenzubleiben. Klara meinte daraufhin, sie hätten ihr Glück einzig und allein Leni zu verdanken und forderte eine Extraportion Leckerli für sie.

Nicht, dass wir Leni die Extraportion missgönnen würden, aber wir wissen es besser. Das Glück dieser kleinen Familie verdanken sie Amor, dessen Pfeil eine Katze traf.

Wir wissen nur nicht, ob das nun von ihm beabsichtigt oder reiner Zufall war.

DER BOLLENHUT
ODER:
IRGENDWANN KOMMT EINER!

Bonndorf liegt im Südschwarzwald, in der Nähe der Schweizer Grenze und direkt an der Wutachschlucht. Hier gibt es wunderschöne Täler, herrliche Ausblicke, glasklare Flüsse und Seen, urige Dörfer und wunderschöne Schwarzwaldhöfe – aber leider keine ledigen Männer!

Ja, meine Heimatstadt ist ein idealer Urlaubsort mit vielen Ferien- und Freizeitangeboten sowie interessanten Ausflugszielen. Unsere Wanderwege in und um das Naturschutzgebiet der Wutachschlucht sind legendär. Aber wenn Sie bei uns Urlaub machen wollen, müssen Sie sich ihren eigenen Mann schon mitbringen. Männer haben wir nämlich nicht im Angebot!

Schon in der Schule hatten wir ein Überangebot an Mädchen und viele von ihnen waren hübscher als ich. Die haben sich die tollen Jungs natürlich gleich gekrallt – für mich und ein paar andere Mauerblümchen blieb nichts mehr übrig.

Ich war beispielsweise nie der schlanke Model-Typ. Schon als junges Mädchen hatte ich immer reichlich Speck um die Hüfte. „Das verwächst sich", sagte mein Vater immer, aber die Pubertät kam und die Pfunde blieben. Naja, genauer gesagt, vermehrten sich die Pfunde sogar noch.

Mein Vater war damals der einzige Mann in meinem Leben. Meine Mutter starb, als ich sechzehn war und wir trösteten uns gegenseitig. Mein Vater wäre sicher ein verbitterter alter Mann geworden, wenn er nicht die Musik gehabt hätte. Er war Alleinunterhalter und machte Stimmungsmusik mit dem Akkordeon und einer Handorgel.

Ich selbst lernte bereits mit zehn Jahren, wie man Schlagzeug spielt, denn von allen Instrumenten, die ich kenne, fand ich das immer am interessantesten. Als meine Mutter starb, fing ich an, meinen Vater auf seine Musikevents zu begleiten, so wie meine Mutter das getan hatte. Nur blieb ich dann nicht im Publikum sitzen, sondern stellte mein Schlagzeug auf die Bühne und ließ es mit meinem Vater so richtig krachen.

Unser Repertoire konnte sich hören lassen: Von den „Capri Fischern" über „Rot ist der Wein", „Junge komm bald wieder", „Skandal im Sperrbezirk", „Lets twist again" und „Bruttosozialprodukt" war alles Mögliche vertreten. Aber obwohl ich bei unseren Gigs immer voll in die Trommeln schlug und wirklich ins Schwitzen kam – abgenommen habe ich deshalb nicht.

„Ist doch nicht schlimm", tröstete mich mein Vater, wenn ich mit meinem Äußeren haderte. „Schönheit vergeht, nur die Liebe bleibt! Irgendwann kommt einer und sieht sofort, was für ein Schatz du bist!"

Das klang tröstlich, aber nicht realistisch. Wo war er denn, der Mann, der durch meinen Speck in mein Herz sehen konnte? Es war weit und breit niemand in Sicht. Und von den Touristen, die im Sommer unser Städtchen überschwemmten, brachte jeder Mann seine eigene Frau mit!

Mein Schicksal sollte sich ändern, als mein Vater eine Anfrage aus Offenburg bekam. Der Freund eines Bekannten, der wiederum einen Bekannten in unserer Gegend kannte, hatte wohl von uns gehört und uns als Alleinunterhalter empfohlen. So wurden wir für einen fünfundvierzigsten Geburtstag angefragt.

Von uns bis Offenburg fährt man gute zwei Stunden, das mussten wir preislich natürlich einkalkulieren. Daher waren wir uns nicht sicher, ob uns Achim Möller, das Geburtstagskind, tatsächlich buchen würde. Er und mein Vater führten mehrere Telefonate, bis wir den Auftrag schließlich hatten.

So fuhren mein Vater und ich an jenem Samstag vor mittlerweile zwei Jahren nach Offenburg, um dort den Gästen einzuheizen. Auf Wunsch des Kunden trugen wir die Tracht der Schwarzwälder, denn Achim Möller stammte ursprünglich aus Kirnberg an der Wolfach, auch einem kleinen Schwarzwälder Ort. Er fand die Schwarzwälder Tracht daher passend.

Mein Vater trug also die obligatorische schwarze Hose. Dazu gehört eine dunkle Weste, unter der ein weißes Hemd getragen wird. Als Kopfbedeckung trug er einen schwarzen Hut.

Bei Frauen ist die Schwarzwälder Tracht natürlich aufwändiger. Ich trug einen schwarzen Faltenrock und eine weiße Bluse. Sie hat einen weiten Halskragen, Puffärmel und ist mit violetten Bändern verziert. Doch das auffälligste an meiner Schwarzwaldtracht ist natürlich der Bollenhut.

Seit Mitte des 18. Jahrhunderts tragen die Schwarzwälder Frauen einen Strohhut mit Wollbommeln. Jeder Hut hat elf Bollen als Symbol für alles Irdische, die vier Himmelsrichtungen und den dreieinigen Gott. Weil die Bollen so groß sind, wiegt der Hut insgesamt bis zu zwei Kilogramm! Allzu lange kann man damit also nicht Schlagzeug spielen, aber einen großen Auftritt hat man mit dem Bollenhut allemal.

So wie man in Bayern die Schürzen der Dirndl unterschiedlich bindet, um zu signalisieren, ob man verheiratet oder noch zu haben ist, hat auch der Bollenhut die Funktion, weithin zu verkünden: Seht, diese Frau hier ist noch ledig! Mein Hut hatte nämlich leuchtend rote Bollen! Verheiratete Frauen tragen Hüte mit schwarzen Bollen, so einfach ist das. Und in der heutigen Zeit vielleicht fast ein bisschen peinlich.

Aber ehrlich gesagt, trage ich meine traditionelle Schwarzwaldtracht recht gerne. Ich mag das alte Brauchtum genauso, wie ich die Unterhaltungsmusik mag, die ich mit meinem Vater mache und mit der ich groß geworden bin.

Ich bin trotzdem so modern wie andere Frauen auch, surfe im Internet, streame Netflix und habe WhatsApp auf meinem Smartphone. Dennoch liegen mir die alten Werte. Und abends zu singen und zu tanzen, anstatt zu surfen oder fernzusehen, hat noch niemandem geschadet!

Als Achim, unser Kunde, uns die Tür öffnete, blieb ihm vor Staunen der Mund offen stehen. Obwohl er darum gebeten hatte, dass wir in Tracht kommen, hatte er sie doch nicht so schön in Erinnerung.

„Sie sehen toll aus!", sagte er zur Begrüßung und schüttelte überschwänglich meine Hand, wobei er selbst ein wenig rot wurde. Mein Vater drehte sich an dieser Stelle zu mir um und zwinkerte mir zu. Da stieg auch mir die Hitze ins Gesicht, denn mein Vater kennt mich schließlich in- und auswendig. Er wusste gleich, dass mir dieser Achim gefallen würde – und dass ich ihm gefiel, hatte er innerhalb der ersten Minuten gleich mehrfach versichert.

Achim ging uns auch zur Hand, als wir die Instrumente aus dem Auto ausluden und in dem kleinen Saal aufstellten, den Achim zu seinem Geburtstag gemietet hatte.

„Und mit diesem Hut spielen Sie jetzt Schlagzeug?", fragte er mich, nachdem wir meine Trommeln und Becken aufgebaut hatten. „Nur die ersten beiden Lieder", antwortete ich. „Dann wird er mir zu heiß und zu schwer!"

„Bringen Sie ihn dann mir, ich werde ihn in einen Nebenraum legen, damit ihm nichts passiert", bot Achim mir an.

Langsam trudelten die Gäste ein, fünfundvierzig an der Zahl. Die Stimmung war von Anfang an gut. Ein paar Familienmitglieder hielten Reden oder machten neckische Spielchen, aber die meiste Zeit spielten wir unser Programm und die Gäste tanzten.

Achim hatte Wort gehalten und nach den ersten Liedern meinen Hut genommen und ihn vorsichtig durch die Menge in das Nebenzimmer getragen. Als er wiederkam, wollte er wissen, ob es auch Lieder gäbe, die mein Vater ohne Schlagzeugbegleitung spielen könne. Ich nickte. „Dann könnten wir vielleicht auch einmal tanzen?", fragte er und strahlte mich an.

Ich nickte abermals, dann gab ich meinem Vater ein Zeichen und folgte Achim auf die Tanzfläche. Und mein Vater, das alte Schlitzohr, spielte erst einen Walzer und dann einen Klammerblues!

Achim hielt mich bei beiden Tänzen fest im Arm. Der beste Tänzer war er nicht, dass muss ich wohl zugeben, aber in seinen Armen fühlte ich mich trotzdem wohl. Allerdings wäre es mir lieber gewesen, mein Vater hätte einen Discofox gespielt, damit ich nicht so mit unserem Kunden auf Tuchfühlung gehen musste, denn das war mir unangenehm. Nur weil Achim mir Komplimente gemacht hatte, musste ich ihm ja nicht gleich als verfügbar präsentiert werden!

Nach den beiden Tänzen entschuldigte ich mich bei Achim und nahm meinen Platz am Schlagzeug wieder ein. Kurz danach legten mein Vater und ich eine erste Pause ein, in der ein Cousin des Geburtstagskindes ein Gedicht vortrug. „Das nächste Mal, wenn ein Kunde mit mir tanzt, spielst du einen Rock'n Roll!", zischte ich meinem Vater zu, aber der lachte nur und winkte ab.

Achims Party wurde nicht zuletzt durch unseren Auftritt ein voller Erfolg. Um Mitternacht mussten wir der Nachbarn wegen aufhören, Musik zu spielen. Mein Vater ging diskret mit Achim ins Nebenzimmer, wo sie das Finanzielle regelten. Als sie wiederkamen, brachte Achim meinen Hut mit.

Und dann sagte er die schönsten Sätze, die jemals ein Kunde zu mir gesagt hatte: „Vielen Dank für den wunderschönen Abend. Wenn Sie nicht so weit weg wohnen würden, hätte ich Sie glatt noch überredet, ein bisschen bei uns zu bleiben. Aber vielleicht könnten wir uns einmal wiedersehen?"

Ich war ein wenig verlegen und tat so, als müsse ich mir das erst noch gut überlegen. Da trat Achim auf mich zu und sagte, spontan und völlig unüberlegt: „Wissen Sie, ich finde, Sie könnten auch schwarze Bommeln gut tragen. Die stehen Ihnen bestimmt auch!"

Achim war natürlich nicht mehr ganz nüchtern, als er das sagte, möglicherweise hätte er sich das sonst auch gar nicht getraut. Aber er schaute mich dabei so innig und treuherzig an, dass ich fröhlich auflachte.

„Nun ja", antwortete ich, „wir werden sehen. Rufen Sie mich doch einfach bei Gelegenheit einmal an."

Auf der Fahrt nach Hause fragte ich mich, ob Achim sich wohl wirklich melden würde. Er war anscheinend Single, denn den ganzen Abend war keine Frau an seiner Seite zu sehen gewesen. Getanzt hatte er jedenfalls nur das eine Mal mit mir und einmal mit seiner kleinen Nichte, einem vielleicht sechsjährigen Mädchen, das ich nicht als Konkurrenz betrachtete. Aber noch immer war ich eine Dorfpomeranze aus einem kleinen Schwarzwalddort und in Offenburg gab es sicher noch ganz andere Frauen, die er kennenlernen konnte.

Mein Vater hatte keine Ahnung von meinen Bedenken. „Siehst du", sagte er bei der Heimfahrt in die Stille, „es gibt doch noch Männer, die einen Schatz erkennen, wenn sie einen sehen!"

„Abwarten!", sagte ich augenzwinkernd. „Der war vielleicht nur scharf auf meinen Bollenhut!"

Doch Achim hielt Wort. Gleich am nächsten Nachmittag rief er an, bedankte sich nochmals für unseren Auftritt und bat mich um ein Wiedersehen – ganz Gentleman der alten Schule. Wir verabredeten uns für das kommende Wochenende auf halbem Weg zwischen Offenburg und Bonndorf, also in Freiburg. Dort verbrachten wir einen wunderschönen, vertrödelten Tag und als es Abend wurde und noch keiner von uns beiden nach Hause wollte, nahmen wir uns einfach ein kleines Hotelzimmer. Eins für uns beide.

Und schon ein Jahr später waren wir verheiratet. Bei unserer Hochzeit trugen wir beide die traditionelle Schwarzwälder Tracht. Auf dem Weg zum Traualtar hatte ich noch meinen roten Bollenhut auf, danach bekam ich mit dem Ring auch einen schwarzen Hut überreicht!

Auf unserer Hochzeitsfeier spielte mein Vater, was das Zeug hielt. Nur ohne Schlagzeugbegleitung. Denn ich musste mich ja schließlich um meinen Mann und um unsere Gäste kümmern!

WER, BITTE, IST DIESER MANN?

„Waschen, schneiden, färben, föhnen … macht wie immer 82,80 Euro", sagte Friseurin Jenny und lächelte. Das ist viel Geld, dachte Martina, damit müssen ganze Familien eine Woche lang auskommen, aber obwohl sie diesen Gedanken jedes Mal hatte, kam sie doch einmal im Monat, um sich die Haare richten zu lassen. Schöne, gepflegte Haare ohne einen Färbeansatz am Scheitel waren ihr in den vergangenen Jahren immer wichtiger geworden. Sie wollte sich auf keinen Fall gehenlassen, nur weil sie Witwe und bereits etwas älter war. Das Geld, das sie das kostete, sparte sie an anderer Stelle wieder ein.

Ihre Friseurin Jenny war ein Schatz. Die füllige Mittdreißigerin hatte stets gute Laune, wusste immer etwas zu erzählen und machte Martina den Friseuraufenthalt so angenehm wie möglich. Nicht zuletzt konnte sie gut mit den verschiedensten Scheren umgehen und zauberte jedes Mal mit gleicher Akkuratesse eine präzise Bobfrisur auf Martinas Kopf. So auch dieses Mal: Das Ergebnis ihres Friseurbesuchs konnte sich sehen lassen!

Entsprechend beflügelt trat Martina auf das Gaspedal, als sie im Auto saß und nach Hause fuhr.

Bis dahin waren es einige Kilometer, denn Jenny arbeitete in einem kleinen Salon weit außerhalb der Stadt. Die Liebe hatte sie einst einmal in diesen kleinen Ort verschlagen und Martina, die ihre Haare ungern jemand anderem anvertraut hätte, war ihr als Kundin gefolgt. Sie kannte sich in dem kleinen Ort nicht aus, denn sie fuhr stets nur in den Salon und danach wieder nach Hause. Mittlerweile wusste sie, dass ein Bäcker und eine Damenboutique auf ihrem Weg lagen, doch sie hatte niemals angehalten.

Bis auf heute. Doch es waren nicht der Hunger und auch nicht die Lust, in den Auslagen eines Modegeschäftes zu stöbern, das sie anhalten ließ. Es war vielmehr der Anblick eines groß gewachsenen Mannes, der an der Bushaltestelle stand und ein Pappschild in die Höhe hielt, auf dem der Name der Stadt stand, in die Martina gerade fuhr. Er trug eine braunbeige Schiebermütze zu einem lässigen Leinenanzug und sah sehr gepflegt aus, nur das Pappschild war zerbeult und wohl schon seit Längerem in Gebrauch.

Einer spontanen Eingebung folgend, trat Martina auf die Bremse und hielt an. Na, so etwas, dachte sie sich dabei, ich glaube, es war in den 70-er Jahren des vorigen Jahrhunderts, als ich zuletzt einen Anhalter mitgenommen habe … Irgendwie sind Anhalter aus der Mode gekommen! Sie lächelte bei diesem Gedanken und wartete darauf, dass der Mann die Beifahrertür aufriss, was er aber nur zögerlich und sehr schwerfällig tat. Es kostete ihn anscheinend große Mühe, die Tür zu öffnen.

Schließlich stand er in der Beifahrertür und hielt noch einmal das Schild mit seinem Wunschziel hoch. „Ja, steigen Sie ein, da fahre ich hin", sagte Martina freundlich. Der Mann nickte, reckte den linken Daumen nach oben, drehte sich um und ließ sich dann langsam und umständlich auf den Sitz fallen. Dann drehte er sich in Fahrtrichtung und zog mit der linken Hand sein rechtes Bein in den Innenraum, als könne er es nicht aus eigener Kraft anheben.

Martina registrierte es verdutzt. Ist wohl etwas behindert, dachte sie. „Darf ich Ihnen beim Anschnallen helfen?", fragte sie dann.

Der Mann nickte und seufzte erleichtert. Martina löste ihren eigenen Gurt, beugte sich nach vorne und griff nach seinem Gurt, um ihn gleichmäßig über den sehnigen Körper des Fremden zu spannen. Dabei konnte sie den leichten Geruch eines Rasierwassers wahrnehmen, der sie an vergangene Zeiten erinnerte. Old Spice, dachte sie, das riecht wie Old Spice. Gab es das überhaupt noch? Und hatte danach nicht auch einmal ihr Vater gerochen?

Wieder musste Martina lächeln und sah dabei in das Gesicht des Fremden. Erst jetzt fiel ihr seine markante Nase auf und dass unter seiner Schiebermütze längere, graue Haare steckten. Der Mann wandte sich zu ihr und lächelte ebenfalls, wobei sich vergnügte Falten um seine Augen kräuselten. Überrascht zuckte Martina zurück. So tiefblaue Augen hatte sie schon ewig lange nicht mehr gesehen. Sie schienen bis in den Grund ihrer Seele sehen zu können, was sie erröten ließ. Dieser Mann sah unglaublich gut aus. Wie ein Rockstar, dachte sie, ein in die Jahre gekommener Rockstar, der schlank, markant und interessant geblieben ist.

Später würde sie sagen, dass dies der Augenblick gewesen ist, in dem sie begann, sich für den Fremden zu interessieren. Doch in diesem Moment wandte sie sich nur irritiert ihrem Lenkrad zu, schnallte sich wieder an und startete den Wagen.

Wieso er wohl nicht spricht, fragte sie sich, als sich nach ein paar Kilometern das Schweigen bleiern im Auto ausbreitete. Ob er wohl überhaupt nicht sprechen kann oder kann er nur kein Deutsch? Fremdländisch sah er eigentlich nicht aus, aber die Schiebermütze ... vielleicht war er Franzose?

Martina kramte in ihrem Gedächtnis nach ein paar französischen Brocken, dann fiel ihr auch noch etwas in Spanisch ein und, natürlich, auch noch etwas in Englisch, aber sie beschloss, ihre in die Jahre gekommenen Fremdsprachenkenntnisse jetzt nicht ausprobieren zu wollen. Womöglich brachte sie ihren Fahrgast damit nur in Verlegenheit.

Am Stadtrand angekommen, machte der Mann ein paar Gesten, die sie nicht recht zu deuten wusste. Wollte er wirklich schon hier aussteigen? Sie hätte ihn auch gerne in die Stadtmitte gebracht. „Rechts ran, hier?", fragte sie nach und als der Mann nickte, fuhr sie an den Straßenrand, um ihn aussteigen zu lassen.

Der Fremde reckte erneut den linken Daumen hoch und hievte sich mühselig aus dem Auto, wobei er sich an der Beifahrertüre festhielt. Dann ließ er die Tür los, lächelte sie erneut mit freundlich strahlenden Augen an und winkte ihr zum Abschied. Martina winkte zurück und fuhr weiter. Erst ein paar Meter später fiel ihr auf, wo sie den fremden Gast abgesetzt hatte: am Friedhof.

***

Er ging ihr nicht mehr aus dem Sinn, dieser schöne, interessante Mann, der da so verloren an der Haltestelle gestanden hatte, unfähig, sich zu artikulieren, aber mit den eindrucksvollsten Augen, die sie je gesehen hatte und mit einem Gesicht, das nach abenteuerlich gelebten Zeiten aussah, die noch lange nicht vorbei zu sein schienen.

Als Martina das nächste Mal bei Jenny auf dem Friseurstuhl saß, beschloss sie, einfach nach ihm zu fragen.

„Ich habe beim letzten Mal einen Mann an der Haltestelle mitgenommen", begann sie. „Einen Anhalter?", fragte Jenny und runzelte die Stirn. „Das würde ich niemals machen!"

„Ja, aber er war in meinem Alter und sah sehr …
vertrauenserweckend und … interessant aus",
verteidigte sich Martina. „Es war eine spontane
Idee. Aber er war wohl auch ein wenig – gehandi-
capt." Martina hüstelte. Sie wusste nicht, wie man
das vorsichtiger hätte ausdrücken können.

„Ach, wie meinen Sie das?", hakte Jenny auch
gleich nach.

„Er bewegte sich etwas unbeholfen und sprach
auch nicht."

„Woher wussten Sie dann, wohin er wollte?",
fragte Jenny folgerichtig.

„Er hatte ein Pappschild dabei. Er wollte in die
Stadt."

Jenny überlegte einen Moment, während sie die
Farbe für Martinas Haar anrührte. Dann zuckte
sie mit den Schultern und meinte lapidar: „Keine
Ahnung, wer das sein könnte. Ich kenne ja auch
kaum ältere Männer."

Martina überhörte die unabsichtliche Kränkung.
„Kommen denn nicht viele hier in den Salon?", er-
kundigte sie sich.

„Doch, schon, aber die werden nicht von mir fri-
siert. Männern schneidet mein Chef die Haare. Da
drüben!" Jenny deutete in die Richtung, in der
sich ein weiterer Raum anschloss.

„Ach so", murmelte Martina, der zum ersten Mal auffiel, dass sie noch nie hier gleichzeitig mit einem Mann bedient worden war.

In diesem Moment betrat Jennys Chef den Raum, der in einer der Frisierschubladen nach einem bestimmten Rasieraufsatz suchte.

„Du kommst wie gerufen", sagte Jenny zu ihm. „Diese Kundin hat neulich einen Mann an der Bushaltestelle mitgenommen, der kaum laufen und nicht sprechen konnte, aber interessant aussah. Irgendeine Idee, wer das sein könnte?"

Martina wurde knallrot, als sie diese Zusammenfassung hörte. Es war ihr mehr als peinlich, dass Jenny ihn das fragte, wusste aber nicht, wie sie sich jetzt verhalten sollte. Bestimmt hörte es sich so an, als wäre sie eine Klatschtante oder hätte es auf diesen Unbekannten abgesehen. Wobei beides ja irgendwie auch stimmte. Etwas an diesem Fremden hatte ihre Neugierde geweckt. Mehr noch: Sein Blick hatte tief an ihr Herz gerührt!

„Wie sah er denn aus?", fragte der Friseurmeister freundlich und nun seinerseits interessiert. „Wenn er von hier ist, kenne ich ihn bestimmt. Es gibt nur diesen Friseursalon hier." Er zwinkerte leutselig.

„Nun", zwinkerte Martina amüsiert zurück, „er sah nicht so aus, als käme er oft zu einem Friseur.

Er trug die Haare halblang. Graue Haare und darüber eine Schiebermütze."

Der Friseurmeister nickte bedächtig. „Das war Gerry van der Sluijs."

„Was, der?" Jenny wäre vor Überraschung beinahe der Farbpinsel aus der Hand gefallen.

„Ja, der", bestätigte ihr Chef. „Schlimme Geschichte."

Nun starrten beide Frauen den alteingesessenen Friseurmeister an, der ihnen wortreich schilderte, was er über Gerry van der Sluijs wusste.

Gerry war ein bekannter Künstler, der sich vor Jahrzehnten in einer Villa am Ortsrand niedergelassen hatte, wo er mit seiner Frau und den beiden Kindern lebte. „Wenn Sie sich bei der Heimfahrt an der Bäckerei links halten und etwa einen Kilometer der kleinen Straße folgen, dann sehen Sie die Villa. Sie liegt etwas abgelegen auf einer Anhöhe. Im Vorgarten stehen Skulpturen und Kunstobjekte, deshalb kommen auch immer wieder Touristen, um sie sich anzuschauen."

Martina nickte, während sie diese Information abspeicherte.

„Er und seine Frau waren vor etwa einem Jahr zu einer Abendveranstaltung in der Stadt unterwegs", fuhr der Friseur fort. „In der Nacht war es regnerisch und neblig. Die Frau fuhr den Wagen, aber aus irgendeinem Grund kam der Wagen in einer Kurve ins Schleudern und überschlug sich. Frau van der Sluijs war sofort tot …"

„Oh, ich erinnere mich, davon hatte ich gehört", flüsterte Jenny ehrfürchtig.

„Herr van der Sluijs kam mit einem Schädel-Hirn-Trauma ins Krankenhaus und erlitt wohl in der Folge einen Schlaganfall. Jetzt lebt er da oben alleine, die Kinder sind ja seit Jahren aus dem Haus. Betreut wird er von einer Krankenschwester. Das ist meine Schwägerin, deshalb weiß ich so gut Bescheid", erklärte der Friseurmeister fast ein wenig entschuldigend. „Er kann seine rechte Körperhälfte kaum bewegen und hat diese … diese …", er suchte nach dem richtigen Wort: „Aphasie. Eine Sprachstörung."

Plötzlich fiel dem Friseur wieder ein, dass im Nebenraum ein Kunde wartete. Er entschuldigte sich und verschwand, ohne an den Rasieraufsatz zu denken, den er eigentlich hatte suchen wollen.

„Danke schön", rief Martina ihm nach und verfiel den Rest ihres Friseurbesuchs in Schweigen.

Dafür redete Jenny umso mehr. „Na sowas", sagte sie beispielsweise, „wer hätte das gedacht. So ein Unglück. Der arme Mann! Behindert, die Frau tot. Schlimm!", doch Martina ließ sich nicht auf diese Anmerkungen ein.

Gedankenverloren zahlte sie am Ende ihres Friseurbesuchs und setzte sich in ihr Auto. Was für ein Mann, dachte sie, kann noch nicht laufen, geschweige denn Autofahren, aber er trampt, um seine Frau auf dem Friedhof besuchen zu können. So viel Willenskraft! Der Fremde hatte ihren vollen Respekt.

Eigentlich hatte sie schnurstracks nach Hause fahren wollen, jetzt aber ertappte sie sich dabei, wie sie an der Bushaltestelle nach Gerry van der Sluijs Ausschau hielt. Doch er war nicht da. Sie setzte ihren Weg fort, bis sie einer Eingebung folgend, rechts in einen Feldweg abbog, wo sie wendete und den Weg zur Bäckerei wieder zurückfuhr. Von dort aus folgte sie der Beschreibung des Friseurs, bis sie vor der riesigen Künstlervilla stand.

Es war genauso, wie es der freundliche Friseurmeister beschrieben und sie es sich dann vorgestellt hatte: Auf der gepflegten Rasenfläche vor der Villa standen unterschiedliche Skulpturen und Kunstobjekte, alle riesig und aus den verschiedensten Materialien gefertigt. Sie standen allesamt auf Sockeln, die in der Erde eingelassen waren, und es gab Schilder vor den Objekten, auf denen ihre Namen, ihr Entstehungsjahr und der Preis zu lesen war.

Das Einzige, womit Martina nicht gerechnet hatte, war der überhohe feuerverzinkte Zaun, der den Garten mitsamt der Villa einbruchsicher umschloss. Martina umrundete ihn, bis sie an das Gartentor kam, an dem ein Briefkasten und eine

Klingel befestigt waren. „G. + J. van der Sluijs" stand in schnörkeligen Buchstaben am Briefkasten. Ob sie wohl klingeln sollte?

Und dann? Was sollte sie dann sagen? Hallo, ich habe Sie gesucht? Wie geht es Ihnen? Martina schüttelte den Kopf und wollte sich gerade abwenden, als sie Schritte hörte. Angestrengte, ungleichmäßige Schritte, die auf sie zukamen. Und schon sah sie den Fremden, über den sie mittlerweile so viel wusste. Ihr erster Impuls war, beschämt wegzulaufen, aber dann blieb sie, wo sie war, denn Gerry van der Sluijs hatte zu lächeln begonnen und seine Augen leuchteten. Er hatte sie wiedererkannt, keine Frage.

„Hallo", sagte sie schüchtern durch den Zaun des Gartentors. Er nickte statt einer Antwort. „Ich war in der Nähe und dachte, ob ich Sie wohl wieder zum Friedhof bringen soll?"

Er lachte jetzt ein leises Lachen und schüttelte den Kopf. „Naja, vielleicht ein anderes Mal", sagte sie verlegen und wandte sich ab. Da nickte er, griff mit der linken Hand durch den Zaun und fasste sie an der Schulter, aber nur, um sie sofort wieder loszulassen und erneut den Daumen nach oben zu recken.

Martina verstand. „Ich schreibe Ihnen meine Handynummer auf", sagte sie zu ihm. „Wenn ich einmal etwas für Sie tun kann, können Sie mir ja vielleicht eine Nachricht schicken?"

Er nickte und wartete, bis Martina in ihrer Tasche nach einem Zettel gekramt und darauf ihren Namen und ihre Nummer notiert hatte. Dann nahm er den Zettel und sah ihn an. „Mmmm … ar … ti … nnn … a", versuchte er zu sprechen und sie lachte: „Das war schon fast perfekt!" Mit diesen Worten drehte sie sich endgültig um, stieg in ihren Wagen und fuhr winkend davon.

Sie war gerade nach Hause gekommen, als schon die erste Nachricht eintrudelte: „Liebe Martina", schrieb er. „Das war eine gute Idee mit den SMS. Ich hatte einen Schlaganfall und kann noch nicht wieder sprechen, aber das haben Sie sich ja sicher schon gedacht. Ich kämpfe um meine Genesung, aber es wird vermutlich immer etwas zurückbleiben. Würden Sie trotzdem mit mir ausgehen? Samstag gibt es in der Stadthalle ein Benefizkonzert zugunsten junger Musiker. Es wäre schön, wenn Sie mich dorthin begleiteten."

„Ja, gerne", schrieb Martina zurück. „Ich habe auch schon von dem Konzert gelesen und kann Sie abholen und wieder heimbringen. Ich freue mich!"

Es wurde ein wunderschöner Abend, an dessen Ende sie wieder vor Gerrys Villa standen. Gerry drückte Martinas Hand und nickte eindringlich. Es war ein Danke, wie sie sehr wohl verstand und sie antwortete: „Immer wieder gerne. Gute Nacht und weiterhin gute Besserung. Bis bald!"

Er nickte erneut und auch wenn es wie der Beginn einer Freundschaft aussah, wussten beide, dass dies trotz aller Hindernisse der Beginn einer Liebe war. Vorsichtig beugte sich Gerry über sie und küsste sie zart auf die Wange. Martina lächelte.

Sie wusste, dass Gerry mit der gleichen Geduld und Kraft, mit der er sich das Leben zurückeroberte, auch ihr Herz erobern würde. Es sah nach der ganz großen Liebe aus – nach der letzten, bis dass der Tod sie scheidet.

HAT DER KERL DENN GAR KEINE MANIEREN?

Das nennt sich also Urlaub, dachte ich mir, als ich am frühen Morgen am Flughafen Frankfurt saß. Noch war kein Schalter geöffnet, aber um die sechs Uhr Maschine nach Amsterdam zu erreichen, hatte ich einen viel zu frühen Zug nehmen müssen. Ich war schon die ganze Nacht unterwegs gewesen und saß jetzt übermüdet in einer grell erleuchteten Abfertigungshalle, wo ich mich nicht getraute, meine Augen zu schließen, aus Angst, jemand könnte mir meinen Koffer stehlen.

Eine Stunde später durfte ich einchecken, zwei weitere Stunden später in das Flugzeug einsteigen. Ich hatte Glück gehabt und einen Fensterplatz ergattert.

Als ich ihn erreichte, sah ich, dass der dazugehörige Platz am Gang bereits besetzt war. Der Mann, der dort saß, war anscheinend wenig begeistert davon, noch einmal aufstehen und mich durchlassen zu müssen. Er sah mich so finster an, dass ich erschrak. Was hat er nur, dachte ich mir, hatte er gedacht, der Platz bleibt frei? Oder bin ich schon so übergewichtig, dass er denkt, er könne sich neben mir nicht mehr bewegen?

Egal. Ich warf mich in meinen Sitz, verstaute das Handgepäck zu meinen Füßen und schloss die Augen. Ich war jetzt schon hundemüde und am Ende, aber das war bislang erst der kleinste Teil meiner Reise. Von Amsterdam aus sollte es nach Quito in Ecuador gehen – ein Flug von zwanzig Stunden Länge, vor dem mir graute.

„Ich hatte doch Kaffee bestellt!"

Die aggressive Stimme meines Sitznachbarn riss mich aus dem leichten Schlaf, in den ich gefallen war. Die Stewardess bemühte sich um Höflichkeit. „Wir kümmern uns gleich um Sie!", versprach sie.

Ich legte meinen Kopf zur Seite und versuchte erneut, einzuschlafen. Doch dazu war ich zu wütend auf meinen Sitznachbarn. Normalerweise begrüßt man seine Sitznachbarn zumindest mit einem freundlichen Nicken oder plaudert sogar ein paar Sätze mit ihnen. Es ist ja nicht angenehm, mit einem Fremden Schulter an Schulter zu sitzen. Ein freundliches Wort kann das aber ausgleichen. Doch von diesem Mann hatte ich einen finsteren Blick zur Begrüßung bekommen und jetzt hörte ich ihn nur noch quengeln.

Mit geschlossenen Augen versuchte ich mich daran zu erinnern, wie er ausgesehen hatte, denn ich wollte ihn jetzt nicht von der Seite mustern. Hatte er schon wie ein A… ausgesehen?

Eigentlich nicht, dachte ich. Wuscheliges Haar, buntes Hemd. Er war wohl so in meinem Alter oder ein paar Jahre drüber, also alt genug, um Manieren gelernt zu haben. Doch als die

Stewardessen später einen Servierwagen vorbeischoben und höflich fragten, was wir trinken wollen, verlangte der Nachbar mit dem Hinweis: „Das wird aber auch Zeit!" noch einmal einen Kaffee.

„Blödmann", dachte ich und bestellte mir ebenfalls einen Kaffee. Schweigend tranken wir unser heißes Getränk und sahen jeweils in die andere Richtung: ich aus dem Fenster, er in den Gang.

Kurz darauf war das Flugzeug nach Amsterdam schon wieder im Landeanflug. Als es hielt und sich die Passagiere abschnallen durften, sprang der Mann neben mir auf und drängte sich in den Gang, um möglichst schnell wegzukommen. Ich blieb sitzen, denn die Erfahrung hatte mich gelehrt, dass es bequemer war, im Sitzen auf den Moment zu warten, an dem die Crew die Türen des Flugzeugs öffnete.

Als es so weit war, stand ich auf, nahm mein Handgepäck und entdeckte auf dem Sitzplatz neben mir eine flache Aktentasche. „Moment, Sie haben etwas vergessen", wollte ich schon rufen und sah mich dabei nach meinem Sitznachbarn um. Aber der hatte sich schon ein gutes Stück nach vorn gedrängelt.

Gerade wollte ich die Aktentasche greifen und ihm hinterhertragen, als Trotz in mir aufkam: Immer bin ich die Wohlerzogene! Was geht mich diese Aktentasche an? Nichts!

Also ließ ich die Tasche liegen und verließ das Flugzeug.

Zweiundzwanzig Stunden später kam ich völlig entnervt in Quito an. Dort wurde ich mit ein paar Mitreisenden von einer Reiseleiterin begrüßt und ins Hotel gebracht. „Wir sind heute nur zwölf Teilnehmer der Reise, morgen stößt noch ein weiterer hinzu. Er hat das Flugzeug von Amsterdam nach Quito verpasst, weil er etwas vergessen hatte", erzählte die Reiseleiterin in perfektem Deutsch.

„Was denn vergessen?", fragte ich. Ich fühlte mich unangenehm an mein Erlebnis auf dem Weg nach Amsterdam erinnert. „Das weiß ich nicht", antwortete die Reiseleiterin und zuckte mit den Schultern.

Ich dachte an meinen Sitznachbarn im Flugzeug nach Amsterdam. Ob er seine Aktentasche mittlerweile wieder hatte? Ich hatte den Anflug eines schlechten Gewissens, weil ich ihn nicht auf sein Versehen aufmerksam gemacht hatte. Ich konnte ihm ja schlecht vorwerfen, dass er keine Manieren habe, und dann selbst keine zeigen. Nun, er war ja auch nicht besonders freundlich zu mir gewesen, versuchte ich mir mein Versäumnis schön zu denken.

Den ersten Tag an unserem Urlaubsort verbrachte ich mit der Reisegruppe auf einer Rundfahrt, wo wir uns mit der Umgebung der Hauptstadt

Ecuadors vertraut machten. Als wir erschöpft und glücklich am Abend ins Hotel zurückkamen und uns dort zum gemeinsamen Abendessen zusammensetzten, saß ein Fremder mit am Tisch. Es war der Reisende, der am Vortag das Flugzeug verpasst hatte.

Ich erkannte zuerst das bunte Hemd, dann das wuschelige Haar und mir war klar: Das war auch der Reisende, der von Frankfurt bis Amsterdam neben mir gesessen hatte. Ich wurde rot und mir war siedend heiß, als die Reiseleiterin ihn vorstellte.

Der Fremde ließ seinen Blick über die Anwesenden gleiten, schien mich aber nicht wiederzuerkennen. „Was war denn los?", fragte eine der Reiseteilnehmerinnen neugierig den Fremden, nachdem er sich neben sie gesetzt hatte. Alle Blicke richteten sich nun auf ihn, denn alle wollten wissen, was er so Wichtiges vergessen hatte, dass er auf einen Tag der Reise verzichtete, um es zu beschaffen.

„Ich hatte gestern einen ganz schrecklichen Migräneanfall", erzählte der Mann. „Ich bat gleich zu Beginn das Flugpersonal, mir doch bitte einen Kaffee zu bringen, denn manchmal hilft das. Aber gestern nicht. Bis ich den Kaffee bekam, sah ich schon nur noch Blitze. Vermutlich weil sich dann auch noch eine Frau neben mich gesetzt hat, die ein sehr schweres Parfüm aufgelegt hatte. Wenn

ich Migräne habe, bin ich auch extrem geruchs-
empfindlich. Als wir ankamen, wollte ich so
schnell aus dem Flugzeug, dass ich aus Versehen
meinen Laptop habe liegen lassen. Bis ich ihn wieder bekam, war leider mein Flugzeug nach Quito
schon weg." Er lächelte entwaffnend in die
Runde.

Ein Migräneanfall und dann noch mein Parfüm,
dachte ich und wollte in der Erde versinken. Wie
schrecklich, der arme Kerl. Kein Wunder wollte er
so schnell wie möglich aus dem Flieger. Und ich
hatte seine Tasche mit Absicht liegengelassen, anstatt sie ihm zu bringen. Ich war eine Idiotin!

Dabei sah er ganz niedlich aus, wie ich im nächsten Atemzug feststellte. Das wäre meine Chance
bei ihm gewesen. Hatte er mich erkannt? Nein, ich
glaubte es nicht. Wenn er im Flugzeug nur noch
Sterne und Blitze gesehen hatte, konnte er sich sicher nicht mehr an mich erinnern. Trotzdem,
dachte ich, ich würde es ihm sagen und mich entschuldigen müssen!

Als wir am nächsten Tag in den Bus stiegen, setzte
ich mich zu ihm. Vorsorglich hatte ich kein Parfüm aufgelegt. „Ich muss Ihnen ein Geständnis
machen", sagte ich statt einer Begrüßung, „und
dann setze ich mich auch gleich wieder weg. Aber
ich muss Ihnen gestehen, dass ich die Frau neben
Ihnen im Flugzeug nach Amsterdam war. Ich

fand Sie so unausstehlich, dass ich Ihre Aktentasche habe liegen lassen."

Der Mann sah mich erstaunt an. „Sie meinen, Sie hätten meine Tasche gesehen, aber mich nicht darauf aufmerksam gemacht, dass ich sie vergessen hatte?"

„Es tut mir wirklich leid", stammelte ich. „Sie waren so schnell nach vorne geprescht und … Sie waren so unfreundlich zu mir!"

„Das tut mir leid, das wollte ich nicht. Aber ich habe Sie gar nicht bewusst wahrgenommen. Ich bekomme selten Migräneanfälle, aber wenn, dann bin ich irgendwie nicht mehr Herr meiner Sinne."

Wie freundlich er war. Er entschuldigte sich bei mir und nahm mein schlechtes Benehmen in Schutz! Jeder andere hätte es mir übel genommen.

„Nein", widersprach ich ihm. „Mir tut es leid. Ich habe Sie einen Tag Urlaub gekostet. Ich habe Ihre Tasche ja gesehen, ich hätte sie Ihnen bringen können."

„Ja, das wäre nett gewesen. Aber ich kann auch verstehen, dass Sie sich nicht damit belasten wollten. Streng genommen ging Sie meine Tasche ja auch gar nichts an", entschuldigte er mich weiter.

„Es wäre aber höflich und anständig gewesen", sagte ich zerknirscht.

„Da machen Sie sich mal bitte jetzt keine Gedanken mehr darüber", sagte er. Dann lachte er. „Sie waren die Frau mit dem Parfüm?"

„Ja, aber ich habe es heute weggelassen."

„Dafür bin ich Ihnen sehr dankbar. Ich heiße übrigens Peter. Können wir Du sagen?"

Ich nickte glücklich. Das lief ja besser als erwartet.

„Und bitte setze dich nicht woanders hin. Erzähle mir lieber, was ihr gestern alles gemacht habt!"

Ich begann zu erzählen und er hörte mir aufmerksam zu. Als wir dann den Reisebus für einen Ausflug in der Altstadt Quitos verlassen mussten, blieb er an meiner Seite. So verbrachten wir einen Urlaubstag zusammen, dann noch einen zweiten und einen dritten.

Am vierten Urlaubstag war allen Reiseteilnehmern klar, dass Peter und ich unzertrennlich geworden waren. Wir waren immer zusammen und kamen auch schnell überein, dass wir auch nach unserem Urlaub zusammen bleiben wollten.

Schon in der ersten Urlaubswoche schmiedeten wir Pläne für die Zukunft. Wir hatten längst festgestellt, dass wir nicht allzu weit voneinander weg wohnten. Für den Anfang würden wir eine Fernbeziehung führen und danach … mal sehen.

„Ich bin so froh, dass du deine Aktentasche hast liegen lassen", sagte ich glücklich zu Peter am

Ende unseres Urlaubs. „Sonst würde ich heute noch denken, du hättest keine Manieren – und mir wäre mein Traummann durch die Lappen gegangen!"

JUNGFERNFLUG

„Mutti, willst du das wirklich machen?"

Elli lachte. Es war wirklich komisch: Da meldete sich ihre mittlerweile mehr als erwachsene Tochter oft monatelang nicht und nun rief Claire schon zum dritten Mal in dieser Woche an! Sie habe Angst um Elli und wolle sie bitten, auf ihren großen Traum zu verzichten - den Traum vom Fliegen!

Wie lange träumte Elli schon davon? Sie überlegte. Sie war noch ganz klein gewesen und hatte das Lied „Über den Wolken" von Reinhard Mey gehört, in dem es darum ging, wie klein alle Probleme doch waren, wenn man sie erst einmal mit Abstand von oben aus betrachtete. Damals, als Kind, hatte sich Elli gedacht: „Ich werde Pilotin!"

Doch im Laufe der Jahre kam die Erkenntnis, dass der Berufswunsch „Pilotin" aus den verschiedensten Gründen nicht realisierbar war. Sie ergriff, wie damals üblich, einen typischen Frauenberuf und arbeitete in einem Steuerbüro. Als sie noch in der Ausbildung war, lernte sie Rainer kennen, ihren ersten Freund und späteren Ehemann.

Elli wurde kurz nach der Hochzeit mit ihrer Tochter schwanger. Rainer eröffnete in dieser Zeit ein Zoofachgeschäft in Bonn. Während sich Elli um ihr Kind kümmerte, erledigte sie gleichzeitig die Bestellungen und die Buchhaltung ihres

Geschäfts. Es lief ganz gut und sie konnten sogar ein Häuschen bauen.

Doch egal, wie viele Jahre ins Land gegangen waren: Der Traum vom Fliegen blieb und wurde mit jeder Flugreise verstärkt, die Elli in dieser Zeit machte. Einmal nur wollte sie das Steuer in der Hand halten und ein Flugzeug lenken!

„Natürlich will ich das machen", sagte sie am Telefon daher fast schroff zu ihrer Tochter. „Wie ich dir gestern und vorgestern bereits erzählt habe, ist das seit Jahr und Tag mein großer Traum. Und heute werde ich ihn verwirklichen. Es ist spät genug!"

Elli musste schlucken, als sie das sagte. Natürlich war auch ihr Mann Rainer immer dagegen gewesen, dass sie ihren „Pilotentraum", wie er es nannte, in Angriff nahm. Selbst als die Kinder längst ausgezogen waren, wollte er nichts davon hören.

Aber Rainer war tot. Er war bereits zwei Jahre zuvor an einem besonders aggressiven Lungenkrebs verstorben. Elli hatte ihn die letzten Wochen in einem Hospiz unterbringen müssen, da sie ihn alleine nicht mehr pflegen konnte. Als die Palliativschwestern ihr signalisierten, dass nun die Zeit gekommen wäre, hatte sie sich ein Feldbett organisiert und mit Rainer in dessen Zimmer geschlafen. So konnte sie ihm nahe sein und war da, als er buchstäblich in ihren Armen starb.

Die Zeit heilt alle Wunden, heißt es, doch zunächst macht sie manches einfach nur erträglicher. Elli nahm nach einem Jahr wieder eine Stelle als Steuergehilfin an und begann, sich wieder für sich und andere zu interessieren.

Da kam ihr erneut ihr Traum vom Fliegen in den Sinn und eines Tages machte sie sich im Internet auf die Suche. Sie wollte wissen, ob sie in ihrem Alter noch die Chance hätte, ein Flugzeug selbst zu steuern.

Es war einfacher als sie dachte. Auf dem Flugplatz Hangelar in ihrer Heimatstadt Bonn gab es ein Unternehmen, das einen Ultraleichtflugzeug-Schnupperkurs anbot!

„Abheben und ein Flugzeug selber fliegen", stand da auf einer Seite im Internet. Elli konnte es nicht fassen! Das war, was sie schon immer gewollt hatte. Gespannt las sie weiter: „Sie steuern schon über eine Viertelstunde das Ultraleichtflugzeug. Es ist leichter als Sie dachten. Grüne Wiesen und goldene Felder ziehen unter Ihnen vorbei. Während Sie sich ganz dem Fliegen hingeben, erleben Sie ein atemberaubendes Panorama."

Ja, dachte sich Elli, so stelle ich mir das vor! Sie las weiter: „Buchen Sie einfach Ihren persönlichen Ultraleichtflugzeug-Schnupperkurs. Unser erfahrener Fluglehrer Frederick begleitet Sie. Er erklärt Ihnen alles, was Sie über Aerodynamik, die Instrumente und Steuerelemente wissen müssen.

Sie können das Flugzeug selbst aktiv durch Kurven steuern, Flughöhe und Kurs halten und auch Landeanflüge üben ... ganz ohne Pilotenschein. Auf Wunsch filmen wir ihren Jungfernflug, damit Sie sich stets an ihn erinnern können. Jetzt einsteigen und losfliegen!"

Elli sicherte sich sofort den nächsten freien Flugtermin und natürlich buchte sie auch die Kameraaufzeichnung.

***

Aufgeregt wie ein kleines Mädchen und mit schweißnassen Händen betrat sie am Flugtag den Flugplatz Hangelar. Sie hatte sich an die Vorgaben gehalten und bequeme Kleidung und Schuhe mit flachen Absätzen gewählt. Auch hatte sie Sonnenschutz aufgetragen und eine Sonnenbrille eingesteckt. Noch sah das Wetter zwar nicht so aus, als würde sie das brauchen, aber über den Wolken war das ja vielleicht anders ...

Die Formalitäten waren schnell erledigt. Wer in die Piper PA28 Archer einsteigen und selbst fliegen wollte, musste in optimaler körperlicher Verfassung sein, weniger als 110 Kilogramm wiegen und nicht über zwei Meter groß sein. Diese Voraussetzungen brachte Elli mit.

Als sie ihr Ticket in Händen hatte, musste sie noch eine Weile warten. Ihr Pilot und Fluglehrer war bereits mit einem anderen Kunden in der Luft.

Geduldig stand Elli in der Abflughalle und beobachtete das Treiben um sie herum, während sie wieder an ihre Tochter dachte. Sie hatte nicht verstanden, warum Claire sich nicht mit ihr freuen, sondern ihr das rund einstündige Vergnügen ausreden wollte. So teuer, wie sie es sich gedacht hatte, war es nämlich gar nicht. Daran konnte es also nicht liegen. Ob ihre Tochter wirklich nur Angst um sie hatte?

Mitten in ihre Gedanken kam ein mittelgroßer Mann in Jeans und Sweatshirt auf Elli zu. Er war braungebrannt und lächelte charmant, als er sie begrüßte: „Hallo, ich bin Frederick. Sie legen gleich Ihr Leben in meine Hände – ist es da okay, wenn wir ‚Du' sagen?"

Der Mann war ihr sympathisch, daher lachte Elli und nickte. Sie war viel zu aufgeregt, um zu sprechen.

„Du bist also Elli?", fragte Frederick und erst jetzt, als er ihren Namen aussprach, hörte sie einen leichten französischen Akzent.

„Bist du Franzose?", fragte sie überrascht.

„Belgier", antwortete er und lächelte sie wieder an.

„Wie kommst du hierher?", hakte sie nach.

„Das ist eine lange Geschichte. Vielleicht erzähle ich sie dir oben in der Luft!"

Elli nickte erneut. Dann ließ sie sich von Frederick zu ihrem Flugzeug führen und alles erklären.

***

Frederick hatte sie kurz in die Sicherheit und Technik eingewiesen, als sie schon im Cockpit des Ultraleichtflugzeuges Platz nehmen und auf die Startbahn rollen durfte. Nachdem die Flugsicherung den Flug freigegeben hatte, startete Frederick durch und hob mit ihr ab. Jetzt war alle Nervosität von Elli abgefallen. Sie hatte auch nicht mehr das Bedürfnis, alles über den Mann wissen zu wollen, der sie bis hierher gebracht hatte. Sie fühlte sich merkwürdig sicher an seiner Seite und wollte ansonsten nur noch schauen und staunen.

Sie sah hinunter auf das Siebengebirge und schoss mit ihrem Smartphone atemberaubende Erinnerungsfotos. Und dann kam er, der Moment, den sie so herbeigesehnt hatte: Frederick bot ihr an, das Steuer zu übernehmen.

„Ich knipse jetzt diese Kamera an", sagte er, „wir filmen dich beim Fliegen. Das kannst du dann deinem Mann zuhause zeigen."

„Einen Mann gibt es nicht mehr", antwortete Elli mechanisch, „aber ich kann es meiner Tochter zeigen. Die wird staunen!"

Unsicher übernahm sie das Steuer, doch nach ein paar helfenden Griffen von Frederick war sie da, wo sie immer hinwollte: fliegend in der Luft und selbst am Steuer!

„Das hast du mir nicht zugetraut", rief sie euphorisch in die Kamera. „Deine alte Mama!"

Frederick lachte. „Gut machst du das, Elli, und lass uns nun eine Wende fahren. Siehst du, so …"

Elli hatte Tränen in den Augen, als sie merkte, wie ihr das Flugzeug gehorchte. „Ich möchte fliegen lernen!", flüsterte sie voller Glück.

Kurz vor dem Landeanflug schaltete Frederick die Kamera aus und übernahm wieder das Steuer. „Manchmal", sagte er, „macht die Kamera nicht, was sie soll. Dann bekommst du zur Entschädigung einen Flug gratis!" Elli hätte das beinahe überhört, so spannend fand sie, wie Frederick navigierte.

Doch dann war es vorbei. Mit zitternden Beinen kletterte Elli die kurze Flugleiter hinunter und stand wieder auf dem festen Boden des Hangars. Noch immer war sie berauscht von ihrem Erstlingsflug. Als Frederick ihr die kleine Filmkamera in die Hand drückte, auf dem sie sich in der Flughalle den Film herunter laden lassen sollte, überkam sie das Glücksgefühl so heftig, dass sie Frederick spontan umarmte. Er ließ es nicht nur geschehen, sondern drückte sie fest an sich: „Es freut mich, dass ich dir so eine große Freude bereiten konnte. Du bist die geborene Pilotin. Wir sehen uns hier bestimmt einmal wieder!"

Elli bestätigte das mit einem heftigen Kopfnicken. Tränen waren ihr in die Augen geschossen und wieder konnte sie keinen Ton sprechen. Sie schluckte, drehte sich um und wandte sich zum Gehen, wobei sie zum Abschied noch einmal die Hand hob und winkte.

Zurück in der Flugzeughalle ging sie direkt an den Schalter des Unternehmens, bei dem sie ihren Flug gebucht hatte, und gab die Kamera ab. „Moment bitte", flötete die Dame, die sie entgegennahm, „ich ziehe Ihnen die Aufnahmen gleich auf einen USB-Stick."

Sie hantierte eine Zeitlang an ihrem PC und sah dann Elli ratlos an. „Komisch, das ist ja noch nie vorgekommen", murmelte sie mehr zu sich selbst. „Aber schauen Sie, hier sieht man, wie Sie das Steuer übernehmen und danach ist nur noch … Rauschen. Das tut mir furchtbar leid …", stammelte sie schließlich.

Elli starrte ungläubig auf das Flimmern des Bildschirms. Doch dann fiel es ihr wieder ein und ihr Gesicht leuchtete. „Dann darf ich ja jetzt noch einmal fliegen!", jauchzte sie.

„Wie meinen Sie das?", fragte die Dame am Schalter nach.

„Wenn die Kamera spinnt, bekomme ich einen Freiflug. Das hat mir der Pilot gesagt."

„Davon habe ich noch nie etwas gehört", sagte die Dame und schüttelte den Kopf.

„Doch, doch, fragen Sie ihn!"

Die Frau am Schalter zögerte. „Ich kann ihn nicht fragen. Er ist schon wieder in der Luft. Aber wenn Sie warten möchten …" Sie wies mit der Hand auf die Sitzplätze in der Halle.

Klar wollte Elli warten. Sie hatte keinerlei Verpflichtungen mehr und der Gedanke an einen weiteren Flug mit Frederick löste ein Prickeln in ihr aus, das sie gar nicht von sich kannte. Stillvergnügt setzte sie sich und schaute ihre Handyfotos durch, die sie während des Fluges geschossen hatte – als Frederick noch das Steuer hatte, wohlgemerkt. Dann verschickte sie ein paar Fotos an ihre Tochter. „Stell dir vor", schrieb sie, „ich bekomme sogar noch einen Freiflug!"

Da klingelte ihr Telefon. „Wieso denn einen Freiflug?", fragte Tochter Claire empört, als wäre das eine besonders unanständige Sache.

„Die Kamera war kaputt, aber ich hatte eine Flugaufzeichnung gebucht. Daher darf ich noch einmal fliegen." Elli war noch so auf Wolke Sieben, dass sie auf Claires Reaktion gar nicht achtete, sondern einfach nur sprudelnd von ihrem Erlebnis schwärmte: „Und dann hatte ich das Steuer in der Hand und die Maschine wollte schon absacken, aber da habe ich ganz sanft nach oben gezogen, gegengesteuert und ..."

Während Elli haarklein alles erzählte, was in der letzten Stunde geschehen war, hörte sie plötzlich ein Räuspern neben sich. Frederick war neben sie getreten und sie hatte es nicht bemerkt. „Claire, Liebes, ich muss Schluss machen", rief Elli in den Hörer und legte einfach auf.

Dann stand sie auf und begrüßte Frederick, wie sie sich von ihm verabschiedet hatte: mit einer Umarmung. Sie war sonst nicht so unkonventionell, aber das Adrenalin pulsierte noch in ihren Adern und Frederick verkörperte ihren Lebenstraum vom Fliegen.

„Hat die Kamera etwa nicht getan?", fragte Frederick mit einem Schmunzeln in den Augen, so dass sie erstmals Verdacht schöpfte, hier könne etwas nicht mit rechten Dingen zugegangen sein. „Nun, dann darfst du wieder mitfliegen!"

„Ist das wirklich eine Regelung des Unternehmens? Die Dame am Schalter wusste davon gar nichts", hakte Elli misstrauisch nach.

„Sie ist noch nicht so lange dabei", beruhigte Frederick sie. „Aber wir zwei müssen einen neuen Termin finden."

„Jetzt gleich?", fragte Elli hoffnungsvoll.

„Nein, leider nicht. Es zieht draußen zu und dunkel wird es auch. Wir müssen einen neuen Termin abmachen." Er sah auf die Uhr. „Ich habe meinen Terminkalender im Auto und, ganz nebenbei bemerkt, einen Riesenhunger. Wie wäre es denn, wenn ich meinen Kalender holen gehe und wir beide dann zusammen zu Abend essen? Ich lade dich ein."

Er wollte mich wiedersehen!, schoss es Elli durch den Kopf. Er wollte mich einfach nur wiedersehen! Sie zögerte und sah Frederick direkt ins Gesicht. Kein Zweifel: Er gefiel ihr auch. Vor allem gefiel ihr, dass er Pilot war und ihr etwas beibringen konnte.

„Warum nicht? Auf mich wartet niemand!", sagte sie daher und ließ sich von ihm zu dem Fliegerheim Tant' Tinchen führen, wo sie die witzige Fliegerdekoration des Hauses bewunderte.

„Ein Glas Champagner auf deinen Jungfernflug?", fragte Frederick und Elli war einverstanden. Doch es hätte keinen Alkohol gebraucht, um bei beiden die Zunge zu lösen. Frederick erzählte Elli, wie er als Belgier dazu kam, in Deutschland Flüge anzubieten und Elli erzählte im Gegenzug von ihrer Ehe und dem Leben mit einem Zoofachgeschäft, das sie aufgeben mussten, als ihr Mann unheilbar krank wurde.

Doch auch wenn die Themen ernst wurden und die Erinnerungen traurig, war es ein leicht geführtes, freundschaftliches Gespräch, bei dem sie auch einen Termin ausmachten, an dem sie wieder miteinander fliegen wollten.

„Hör mal", sagte Elli am Ende des Abends. „Das mit der Kamera. Das war doch gelogen, oder?"

„Nein, natürlich nicht", antwortete Frederick. „Wenn du einen Flug mit Flugdokumentation gebucht hast, aber nicht bekommst, ist es doch dein gutes Recht, wenn du einen Ersatz verlangst."

„Aber üblich ist es nicht …" vermutete Elli.

„Nun, es ist bislang noch nie etwas an den Aufnahmen auszusetzen gewesen", grinste Frederick. „Heute war das erste Mal."

„Und damit hast nicht zufällig du etwas zu tun?", fragte Elli skeptisch.

„Kann sein, dass ich ein wenig ungeschickt mit der Kamera hantiert habe", antwortete Frederick und zuckte mit den Schultern. „Schlimm?"

„Nein, im Gegenteil", lachte Elli und hakte sich auf dem Heimweg bei ihm unter. Frederick hatte ihr angeboten, sie zu ihrem Auto zu begleiten und sie hatte angenommen. Mittlerweile war es dunkel geworden.

Am Wagen angekommen, standen sie sich verlegen gegenüber. Was für ein toller Mann, dachte sich Elli, und Pilot ist er auch noch. Sie suchte in seinem Gesicht nach Anzeichen, was er über sie dachte und fand viel Wärme, Zuneigung und Interesse. Einem Impuls folgend stellte sie sich auf die Zehenspitzen, um ihm einen Abschiedskuss auf die Wange zu geben, aber er hielt sie fest und dann küssten sie sich. Richtig.

„Warum gerade ich?", fragte Elli, als sie sich wieder von ihm gelöst hatte.

„Deine Begeisterung, deine Freude … ich bin mit vielen geflogen, für die dieser Flug nur ein Abenteuer unter vielen war. Aber du mit deinen leuchtenden Augen … Für dich ist Fliegen, was es für mich ist, ein Lebenstraum, etwas Großes, Unvergessliches. Ich wäre gerne an deiner Seite, wenn du erst einmal den Pilotenschein machst …"

Er sah ihr lange in die Augen und küsste sie dann erneut. Ja, dachte Elli, während sie seinen Kuss erwiderte. Das wäre schön. Dieser Mann an meiner Seite. Der Pilotenschein. Mein Lebenstraum. Heute scheinen überhaupt alle Träume in Erfüllung zu gehen … sogar der Traum von einer neuen Liebe!

WIE ANGELT MAN SICH EINEN FITNESSTRAINER?

Alles fing damit an, dass ich mich von Jannik trennte. Wir waren vierzehn Jahre zusammen, doch dann war einfach die Luft draußen. Aber was machte ich jetzt plötzlich mit der vielen freien Zeit, die ich nun hatte? Früher saß ich mit Jannik auf dem Sofa, aber dazu hatte ich alleine keine Lust.

„Geh mit ins Fitnessstudio", riet meine Freundin Anke, aber ich winkte ab. Ich bin nicht so die Sportliche und auf Muckibuden hatte ich nun so gar keine Lust. „Nix Muckibuden", meinte Anke. „Die geben dort auch so Kurse. Rücken, Bauch, Beine, Po, Pilates, Yoga … Da ist für dich bestimmt auch etwas dabei."

Ich ließ mich überreden und ging mit Anke in das Studio am anderen Ende der Stadt, wo sie auch immer trainierte. Den Teil des Studios, in dem die Geräte standen, fand ich furchtbar. Aber die Säle, die für die Kurse reserviert waren, hatten ein schönes Ambiente. Die Fenster waren riesig, die Spiegel an den Wänden sauber und der Boden war ein gepflegtes Mahagoni-Parkett. Hier konnte man es aushalten.

Der erste Kurs, den ich mitmachte, war der klassische Bauch-Beine-Po-Kurs und ich muss sagen, er tat mir gut - obwohl ich ihn auch sehr anstrengend fand. Zwei Tage später gingen wir in Aerobic, was mir ebenfalls viel Spaß machte. Am nächsten Tag versuchte ich mich an Yoga, aber das war mir dann doch irgendwie zu langweilig. Also ging ich die Woche darauf wieder mit Anke in Bauch-Beine-Po. Dieses Mal war die übliche Kursleiterin nicht da, sie war wohl krank geworden. Stattdessen kam ein blonder Mann mit großen, dunkelbraunen Augen herein und meinte, er sei die Vertretung.

„Wer ist das?", fragte ich Anke atemlos, denn dieser Mann hatte es mir sofort angetan. „Das ist René", antwortete sie. „Der ist aber nur gelegentlich hier. Der trainiert sonst reiche Frauen auf Kreuzfahrtschiffen."

Ah so. So etwas gab es also auch. „Und zwischen den Kreuzfahrten?", fragte ich.

„Da trainiert er uns!", antwortete Anke.

Und wie! Ich war schon nach zwanzig Minuten völlig am Ende. Vielleicht sollte ich erwähnen, dass ich nicht nur völlig unsportlich, sondern auch ein wenig pummelig bin. Aber dagegen wollte ich ja gerade etwas tun.

Als ich an diesem Abend an der Rezeption den Schlüssel für meinen Spind abgab, fragte ich die Dame dort, welches Training René als nächstes geben würde.

„Das kann ich so nicht sagen", antwortete sie. „Er springt immer ein, wo er gerade gebraucht wird.

Aber wenn er gerade im Land ist, bieten wir freitags ein Pilates-Training mit ihm an."

Alles klar, dachte ich. Das mache ich. Was immer Pilates auch sein mochte, ich war jetzt der größte Fan davon!

Anke lachte sich halb tot, als sie das hörte. „Erstens", sagte sie, „in Pilates kriegst du mich niemals, das musst du dann schon alleine machen. Zweitens, glaubst du etwa, du könntest bei René landen? Der wird schon aus Anstand nicht mit dir anbandeln."

Vermutlich hatte sie recht, meine Freundin Anke, aber ich glaube gar nicht, dass ich damals schon die Hoffnung hatte, René näher kennenlernen zu dürfen. Ich wollte einfach in seiner Nähe sein, seine Stimme hören, seinen Bizeps bewundern … ein bisschen schwärmen halt, wie ein kleines Mädchen. Für eine Beziehung war ich ohnehin noch nicht bereit.

Von nun an ging ich also freitags immer in den Pilates-Kurs. So ganz meins war das ja nicht mit dem „Powerhouse", das man dabei aktivieren sollte und wie man seine Atmung an die Bewegungen anpassen musste. Zwischendurch musste ich manchmal regelrecht nach Luft schnappen, weil ich versehentlich den Atem angehalten hatte. „Weiteratmen", sagte René dann immer, mit einem Charme, der alles wieder gut machte.

Bei den ersten Aufwärmübungen konnte ich in Ruhe seinen trainierten Körper bewundern. Dabei war er alles andere als muskelbepackt. Natürlich war er durch und durch fit, aber er hatte sich eine jungenhafte Figur erhalten können und wirkte nicht wie ein aufgeblasenes Michelin-Männchen.

Außerdem war er nett. Er sagte die Übungen so an, dass ich verstand, was er meinte und er überforderte uns Kursteilnehmer nicht. Wobei ich zugeben muss, dass die meisten von uns weiblich und über sechzig Jahre alt waren. Ich senkte das Durchschnittskursalter also beträchtlich.

Natürlich beachtete mich René nicht mehr und nicht weniger als alle anderen im Kurs. Er war höflich und freundlich zu uns allen. Aber das war völlig in Ordnung. Ich brauchte keine Extrawurst und freute mich einfach immer auf den Freitag – die Stunde mit ihm war stets das Highlight meiner Woche.

Unter der Woche richtete ich mein Leben neu ein. Jahrelang war ich die Frau an der Seite von Jannik gewesen, jetzt musste ich wieder alleine klarkommen. Tagsüber fehlte mir Jannik an vielen Ecken und Enden, aber nachts sehnte ich mich nach René.

Der Schock kam völlig unerwartet. An einem Freitagabend teilte René uns mit, dass er wieder für ein paar Monate auf Kreuzfahrtreisen ginge und daher nur noch einmal mit uns Pilates machen würde. Ich überlegte fieberhaft, was ich jetzt tun sollte. Mit ihm auf Kreuzfahrt gehen? Dazu hätte ich erst einmal wissen müssen, mit welchem Schiff er ablegt. Aber ich wusste ja gar nichts und traute mich auch nicht, ihn zu fragen.

„Außerdem sind die Kreuzfahrten sicher bereits ausgebucht", sagte meine Freundin Anke, als ich ihr mein Leid klagte. „Sei froh. Hinterher würdest du alleine auf einem Schiff herumlaufen, während ihm hundert andere Frauen auf den Po starren."

„Solange sie ihn nur anstarren, wäre mir das egal", antwortete ich trotzig.

„Und wenn da mit jemandem mehr ist? Wenn er schon mit einer Freundin oder Ehefrau auf das Schiff geht? Was dann? Dann hast du einen verpatzten Urlaub und kannst noch nicht einmal die Flucht antreten."

Da hatte Anke recht. Ich musste meinen Traum von René wohl aufgeben. Ich ging ein letztes Mal in seinen Freitagskurs und gab ihm zum Abschied die Hand. Er war sichtlich überrascht und sah mich an, als würde er mich zum ersten Mal bemerken.

„Gute Reise", sagte ich. „Schade, dass du gehst, ich werde dich vermissen. Komm bitte gesund wieder!" „Ja, danke", antwortete René und wurde ein wenig rot. Meine offenen Worte berührten ihn sichtlich. Verlegen wandte ich mich ab und ging.

Es folgten ereignislose Sommermonate. Nicht, dass ich den Sommer nicht genossen hätte. Ich war schwimmen, tanzen und feiern gewesen. Aber mir fehlte mein wöchentliches Highlight. Und das war nicht Pilates, sondern sein Trainer!

Mittlerweile machte ich dann auch wieder Bauch-Beine-Po-Kurse mit Anke zusammen, aber immer, wenn ich mich auf der Matte in einer Gymnastikposition verrenkte, dachte ich an René und wünschte mir, er wäre hier. Dabei mochte ich Pilates eigentlich immer noch nicht, der Bauch-Beine-Po-Kurs brachte mir mehr.

Eines schönen Tages entdeckte ich im Fitnessstudio einen Aushang: „René ist wieder da!", stand darauf und mein Herz hüpfte. Und darunter standen die Freitagskurszeiten Pilates, die er jetzt wieder anbot. Natürlich stand ich an diesem Freitag pünktlich auf der Matte.

„Willkommen zurück", sagte ich zur Begrüßung.

Wieder war er ein wenig verlegen. „Das ist schön, so begrüßt zu werden!", sagte er und lächelte mich an.

Es kamen weitere Kursteilnehmerinnen und alle sagten mehr oder weniger das gleiche wie ich: „Schön, dass du wieder da bist", „Endlich bist du wieder da, René, war es denn schön?", „Bleibst du dieses Mal etwas länger?" Ich war wohl also nicht die einzige, die heimlich für ihn schwärmte.

René winkte ab. „Ich sage gleich etwas dazu, wenn alle da sind!", meinte er und lächelte verbindlich. Mann, war ich gespannt, was er zu sagen hatte!

Als dann alle Kursteilnehmerinnen im Raum waren, begrüßte er uns in einer kleinen Ansprache. „Manchmal merkt man erst, wenn man weg ist, worauf es im Leben wirklich ankommt. Wenn man so begrüßt wird, wie hier von euch, das ist echt toll, vielen Dank!" Er nickte zu seinen Worten und sah uns der Reihe nach an. „Ich habe beschlossen, künftig hierzubleiben", fuhr er fort. „Die Kreuzfahrten haben Spaß gemacht, aber jetzt würde ich gerne sesshaft werden. Ich mache mich als Personal Fitness-Trainer selbstständig. Wenn ihr also jemanden wisst, der einen Trainer braucht – ihr kennt mich ja, vielleicht könnt ihr mich ja empfehlen."

Ein Raunen ging durch die Pilatesgruppe. „Hast du dich schon an die Volkshochschule gewandt?", fragte die eine. „Ja, da bin ich schon im Gespräch", antwortete René. „Hast du Flyer oder Visitenkarten von dir, die wir weitergeben könnten?", fragte eine andere. „Ja, gut dass du mich daran erinnerst. Ich habe draußen am Empfang welche ausgelegt."

Dann nickten wir alle und fingen mit dem Pilates-Training an.

Am Ende der Kursstunde sah ich am Empfang nach. Tatsächlich, da lagen sie: Visitenkarten mit einem Foto von René. Hach! Ich steckte gleich fünf ein, dabei kannte ich niemanden, der einen Personal Fitness-Trainer brauchte.

Ich selbst war mittlerweile auch ziemlich fit. Wem könnte ich denn die Visitenkarte geben, grübelte ich, denn ich wollte unbedingt meinen Teil dazutun, dass René hier sesshaft wurde. Mir fiel aber niemand ein.

Eine von Renés Visitenkarten stellte ich auf meinen Nachttisch. Das Foto von ihm war so schön getroffen: sein blondgebleichtes Haar, sein leicht getönter Teint und diese wunderschönen, riesigen, dunkelbraunen Augen, die mich von Anfang an gefangen genommen hatten. In all meinen Tagträumen kam er jetzt vor und manchmal träumte ich sogar nachts von ihm.

Bislang hatte ich von ihm ja nur gewusst, dass er Trainer war und René hieß, aber hier waren alle seine abgelegten Kurse und Prüfungen aufgeführt. Zudem wusste ich jetzt, wie er mit Nachnamen hieß und wo er wohnte. Sogar seine Telefonnummer hatte ich jetzt – nur keinen Grund, ihn anzurufen!

Zwei Monate später, ich hatte bereits wieder ein voll trainiertes „Powerhouse", aber noch immer keine Idee, wer denn einen persönlichen Fitnesstrainer brauchen könnte, träumte ich wohl ein wenig zu lange vor mich hin. Ich war auf dem Weg zu meiner Arbeit im alten Rathaus. Da blieb ich mit dem Absatz in einer Bodenrille stecken und … Schwupps! Ich fiel so unglücklich und verdrehte mir den Knöchel, dass es auf den ersten Blick aussah, als wäre er gebrochen. Es folgte das ganze Programm: Krankenwagen, Krankenhaus, Röntgenkontrolle, Entwarnung, Verband, Entlassung. Ein Taxi brachte mich nach Hause. Mein Fuß war blau verfärbt und geschwollen – und ich sollte mindestens zwei, wenn nicht drei Wochen darauf nicht herumspazieren, geschweige denn, Sport treiben!

Ausgerechnet jetzt, wo René wieder da war, durfte ich keinen Sport machen! Ich verfluchte alle Highheels dieser Welt und lag gelangweilt auf meinem Sofa. Doch zwei Tage nach meinem Unfall, als der Schock überwunden war und der Schmerz nachgelassen hatte, kam mir eine ganz wundervolle Idee: Wie sollte ich denn fit bleiben, solange ich auf der Couch saß? Gab es nicht auch Trainings, die auf der Couch durchgeführt werden konnten und die verhinderten, dass ich in den nächsten Wochen Rückenschmerzen und Übergewicht bekam?

Ich brauchte einen persönlichen Fitnesstrainer!

Ich rief René an. Er schien gleich zu wissen, mit wem er sprach und wir hatten am Telefon auch schnell etwas Vertrautes. Ich erzählte ihm von meinem Unfall und dass ich ihn jetzt engagieren wolle. Er lachte und machte einen Termin mit mir aus.

Gleich am nächsten Vormittag klingelte er bei mir. Ich humpelte mit Krücken an die Tür und öffnete ihm. „Na, dann wollen wir mal", sagte er und geleitete mich wieder zurück in mein Wohnzimmer. Dort sollte ich mich auf einen Stuhl setzen und er setzte sich auf einen Stuhl mir gegenüber.

Jetzt trainierten wir beide zusammen meinen ganzen Körper, ohne dass ich mich vom Stuhl erheben musste. Kopf, Hals, Nacken, Brust und Rücken und Hüfte. Obwohl ich saß und er Rücksicht auf meinen dicken Knöchel nahm, brachte mich das Training ins Schwitzen.

„Ich hole dir etwas zu trinken", sagte René, „falls ich in deine Küche darf." Ich nickte und beschrieb ihm, wo er Mineralwasser und Gläser finden würde. Dabei bat ich ihn natürlich auch, sich selbst etwas mitzubringen. Gleichzeitig fand ich ihn richtig niedlich, weil er in meinem Wohnzimmer so schüchtern war, während er im Fitnessstudio natürlich vor Selbstbewusstsein nur so strotzte.

Nach Ewigkeiten kam René mit Wasser und zwei Gläsern wieder. „Ich bin erst aus Versehen in deinem Schlafzimmer gelandet", gestand er mir. „Macht nichts", antwortete ich cool, während ich dachte: „Wow, da wäre ich gerne dabei gewesen."

Dann fiel mir siedend heiß seine Visitenkarte auf meinem Nachttisch ein und ich betete zu Gott, dass er sie nicht gesehen hätte.

„Wie war es auf deiner Kreuzfahrt?", versuchte ich ihn abzulenken und mit ihm zu plaudern. „Es ist dort halt immer sehr oberflächlich", antwortete er ernst. „Man lernt tolle Leute kennen, verbringt einen ganzen Urlaub mit ihnen und danach sind sie weg und du hörst nie wieder etwas von ihnen. Mir ist das auf die Dauer zu wenig. Ich wünsche mir stabilere Beziehungen."

Er sah mich an und mein Herz hüpfte. Selbst mein Magen flatterte. „Ich mir auch", dachte ich und wurde ein wenig rot bei dem Gedanken. „Jetzt sollten wir aber nicht plaudern, sondern trainieren!", kommandierte mein persönlicher Fitnesstrainer und machte mit seinem Programm weiter. Hier sollte ich anspannen, hier etwas dehnen und da mich strecken. Eine Stunde später war ich fix und fertig.

„Dabei wollen wir es für heute einmal belassen. Wann soll ich wiederkommen?", fragte er.

„Morgen?", fragte ich zurück.

„Das ist zu früh", antwortete er. „Du solltest deinem Körper auch etwas Ruhe gönnen. Du kannst zwischendurch die eine oder andere Übung wiederholen. Wie wäre es mit nächste Woche?"

„Das dauert mir viel zu lange", maulte ich.

Er lachte. Dann sah er mich nachdenklich an. „Es ist sicher langweilig, wenn man von heute auf morgen gezwungen wird, zuhause zu bleiben. Kommt dich denn niemand besuchen?"

„Doch, meine Freundin Anke, und mir ist auch nicht wirklich langweilig. Ich wollte dich nur gerne so schnell wie möglich wieder hier haben!" So, nun war es heraus! Ich hoffte, er fand meinen Augenaufschlag am Ende meines Satzes charmant und nicht aufdringlich.

René sah mich an und sagte nichts. Das war schlimm! Angespannt hielt ich die Luft an. Weil er ein guter Trainer war, merkte er das sofort. „Weiteratmen!", sagte er schließlich, wie er es auch bei den Bauchübungen so oft von uns gefordert hatte.

Ich holte tief Luft. Er lächelte lieb. Schließlich sagte er: „Ich kann und darf mit meinen Schülerinnen nichts anfangen. Selbst wenn ich noch so sehr wollte."

Er klang nicht abweisend. Man konnte es so und so verstehen. Ich setzte alles auf eine Karte: „Du bist gefeuert", sagte ich. „Und Pilates konnte ich auch noch nie leiden!"

„Okay", antwortete er und nickte. Um seine Augen kräuselten sich die allerschönsten Schmunzelfältchen, die ich je gesehen hatte. „Ich gehe dann jetzt als Trainer. Soll ich heute Abend als Privatperson wiederkommen?"

„Au ja", strahlte ich. Und mit Blick auf meinen bandagierten Knöchel fügte ich leise hinzu: „Nimm bitte den Schlüssel mit!"

„Ich könnte etwas kochen", rief René noch, bevor er meine Wohnung verließ. „Echt? Da bin ich aber gespannt", rief ich ihm hinterher und war so, so glücklich.

Das ist jetzt ein paar Monate her und ich bin es immer noch. Pilates mache ich nicht mehr, sondern regelmäßig einen Mädelsabend mit Anke bei Bauch-Beine-Po. Für alles andere ist ja jetzt schließlich mein privater Fitnesstrainer zuständig!

ARM- UND BEINBRUCH

Es war im Februar gewesen, jenem kurzen Monat mit den noch immer ebenso kurzen Tagen. Wiebke, die seit Dezember als Übersetzerin in einem großen Verlag arbeitete, kam an diesem Abend erst nach Hause, als es bereits dunkel war. Sie betrat einen der drei Aufzüge des riesigen Hochhauses, wo sie auf eine ihrer Nachbarinnen stieß, die sie bereits vom Sehen kannte.

Bislang hatten sich die beiden Frauen immer nur freundlich gegrüßt. Jetzt aber sah Wiebke, wie blass und erschöpft ihre Nachbarin aussah – und dass sie ihren rechten Arm bis zur Schulter in Gips hatte.

„Ach, Du liebe Zeit", sagte Wiebke erschrocken, „wie ist denn das passiert?"

„Ich war mit meinem Bruder Skifahren", antwortete die Nachbarin und seufzte.

„Oh, ein Skiunfall, wie schrecklich", kommentierte Wiebke. „Kann ich irgendwie helfen? Einkaufen? Zum Arzt bringen oder so etwas?"

Der Aufzug hielt im siebten Stock und während die Nachbarin ausstieg, antwortete sie: „Das wäre wirklich nett. Wenn Sie selbst einkaufen, könnten Sie mir vielleicht etwas mitbringen?" Dann verschwand sie im langen Flur des Wohnturms.

„Wie heißen Sie denn?", rief Wiebke ihr nach.

Sie hätte sonst gar nicht gewusst, an welcher Tür sie klingeln sollte. Noch bevor sich die Tür des Aufzugs wieder schloss, hörte Wiebke, wie die Frau aus der Ferne ihren Namen rief: „Manger. Ich heiße Babsi Manger."

Schon hatte sich die Aufzugtür wieder geschlossen und Wiebke fuhr zu sich in den neunten und letzten Stock, wo sie ein winziges Penthouse-Appartement mit gigantischer Aussicht bewohnte.

Bevor sie am nächsten Morgen zur Arbeit fuhr, hielt sie im siebten Stock an und klingelte bei Manger. Babsi öffnete verschlafen, wobei sie einen Morgenmantel ungeschickt um sich geschlungen hatte. Den dicken Gipsarm hatte sie darin nicht untergebracht.

„Hallo, ich bin es", sagte Wiebke ein wenig unbeholfen bei der Begrüßung, „ich heiße übrigens Wiebke und wohne zwei Stockwerke über dir. Ist es okay, wenn wir uns duzen?"

Babsi nickte zerstreut. „Ich habe schon eine Einkaufsliste vorbereitet. Es ist total nett, dass du mir aushilfst." Mit diesen Worten zog sie einen Zettel aus einem Stapel ungeöffneter Post. „Ich bin erst seit gestern Nachmittag wieder zurück."

Wiebke schluckte, als sie die Einkaufsliste sah, denn sie war lang. Kaffee, Brot, Milch, Obst und Gemüse, aber auch Toilettenpapier und

Nagellackentferner standen darauf. Babsi schien überhaupt nichts mehr im Haus zu haben!

Doch dann fiel Wiebke ein, dass das kein Wunder war: Babsi war ja Skifahren gewesen und mit einem Gips zurückgekommen.

„Hast du denn überhaupt irgendetwas zum Essen im Haus?", hakte sie nach. „Ich kann die Einkäufe nämlich erst am Abend bringen."

„Das ist schon okay", antwortete Babsi. „Ich habe jede Menge Tütensuppen. Das reicht bis zum Abend. Wenn nicht, bestelle ich mir etwas beim Italiener oder Chinesen!"

Wiebke war beruhigt. Babsi schien sich helfen zu können.

Nach Feierabend kaufte Wiebke alles ein, was auf Babsis Liste stand. Sie ging dazu sogar in verschiedene Einkaufsläden, denn sie wollte ihre Sache gut machen. Wiebke war überzeugt davon, dass alles, was man anderen Menschen Gutes tat, wieder zu einem selbst zurückkäme. Vielleicht war es nicht immer der gleiche Mensch, der einem das dankte, aber Wiebke war sich sicher, dass man genauso viel Liebe und Zuneigung erhielt, wie man verschenkte.

Als Wiebke am Abend mit mehreren Tüten beladen bei Babsi klingelte, bedankte sich Babsi überschwänglich und bat Wiebke zu sich herein. Wiebke ließ sich nicht zweimal bitten, sondern betrat – durchaus auch ein wenig neugierig - Babsis Reich. Sie war überrascht, wie modern und doch gediegen sie eingerichtet war. Wenige Möbel, aber hochwertige. Und überall ein wenig Plüsch, Teppiche und Kissen, die die Wohnung farbenfroh und gleichzeitig gemütlich wirken ließen.

Wiebke ließ sich auf Babsis gemütlichem Sofa nieder und hakte nach: wie es zu dem Unfall gekommen war und wieso sich ihr Bruder nicht um sie kümmerte. Er war schließlich ebenfalls mit in Urlaub gewesen.

„Es war eine Massenkarambolage auf der Skipiste", erklärte Babsi und die Erinnerung ließ sie wieder ganz blass werden. „Eine Schneelawine hatte sich gelöst und obwohl sie noch ganz klein war, reagierten plötzlich alle Leute panisch. Sie wollten so schnell wie möglich von der Piste und fuhren jeden über den Haufen, der ihnen im Weg war. Meinen Bruder hat es noch übler erwischt als mich, sein Oberschenkel ist gebrochen, und es ist ein komplizierter Beinbruch …"

Wiebke ließ Babsi erzählen, die sich offensichtlich ihren ganzen Ballast von der Seele reden wollte. „Mich haben sie gestern wenigstens entlassen können, denn ich kann von einem niedergelassenen Orthopäden versorgt werden. Aber Martin haben sie ins hiesige Krankenhaus überführt, wo er weiterbehandelt werden muss. Sie haben seinen Oberschenkel extern fixieren müssen und wollen ihn damit noch nicht nach Hause lassen." Babsi sah sehr unglücklich aus.

„Ach du liebe Zeit", sagte Wiebke. „Du weißt bestimmt noch gar nicht, wie es ihm überhaupt geht?"

„Ich habe vorhin im Krankenhaus angerufen, er hatte schon Telefon am Bett. Es geht ihm so lala, aber er bräuchte einige Sachen und ich kann ihm gar nicht helfen."

„Gibt es sonst noch jemanden in eurer Familie, der sich um ihn kümmern kann?", fragte Wiebke.

„Nein, unsere Eltern starben beide recht früh, wir haben nur uns."

„Sollen wir ihn besuchen?", fragte Wiebke spontan.

Über Babsis kummervolles Gesicht zog ein Strahlen. „Gerne, wenn es dir nichts ausmacht", freute sie sich.

Eigentlich hatte Wiebke ja einen gemütlichen Abend auf ihrer eigenen Couch verbringen wollen. Sie wusste, dass in einem der dritten Programme eine Tatort-Folge wiederholt wurde, die sie gerne noch einmal gesehen hätte. Doch jetzt war sie mit Babsi unterwegs ins hiesige Krankenhaus, wo man es glücklicherweise mit den Besuchszeiten nicht sehr streng nahm. Die beiden Frauen fragten sich den Weg zur Orthopädie durch und fanden dann auch gleich die Station, auf der Babsis Bruder Martin lag.

Babsi war ganz nervös, als sie an die Tür des Krankenzimmers klopfte: Sie hatte ihn schon seit Tagen nicht mehr gesehen und sorgte sich sehr um ihn. Sie war erleichtert, als sie ihren Bruder vergnügt mit einem Gips bis zur Hüfte und einem Laptop auf dem Schoß in seinem Bett sitzen sah. „Martin, das ist Wiebke", stellte sie ihre Nachbarin vor, die er neugierig und interessiert beäugte. „Wiebke, das ist mein Bruder Martin."

„Angenehm", säuselte Wiebke, denn das war es wirklich. Martin Manger sah fantastisch aus, sogar im Schlafanzug, mit ungekämmten Haaren und einem Gips. Seine Augen blitzten. War er möglicherweise auf Anhieb genauso interessiert an ihr wie sie an ihm?

Babsi und ihr Bruder begannen gleich, Neuigkeiten auszutauschen und weihten bei dieser Gelegenheit Wiebke in die Details der Massenkarambolage ein, der sie beide zum Opfer gefallen waren. „Das wird rechtliche Konsequenzen haben", meinte Martin und kratzte sich am Kopf. „Aber jetzt ist erst einmal wichtig, dass wir beide gesund werden, Babsi und ich."

Wiebke nickte. Dann sah sie zu, wie das Geschwisterpaar eine neue Einkaufsliste erstellte, die Wiebke am nächsten Tag für sie abarbeiten sollte. Weil diese Liste aber vergleichsweise kurz war, zeigte sich Wiebke umgänglich und versprach, alles zu besorgen. Immerhin garantierte ihr dieser Einkauf, am nächsten Tag wiederkommen und diesen Traummann besuchen zu dürfen.

Als die beiden Frauen an diesem Abend nach Hause kamen, gönnten sie sich zum Tagesabschluss ein Gläschen Sekt. Wiebke war glücklich: Sie hatte eine gute Tat tun wollen und dabei eine Freundin gefunden und einen tollen Mann kennengelernt.

Gleich am nächsten Tag haben die beiden Frauen diesen tollen Mann wieder besucht. Babsi hatte ein kleines Köfferchen mit Martins Sachen dabei und Wiebke die erledigten Einkäufe. Wieder plauderten sie unbefangen an seinem Krankenbett und versprachen, am nächsten Tag wiederzukommen.

Und das taten sie auch, Tag für Tag. Wiebke gefiel nicht nur der Mann, sondern auch das unkomplizierte Verhältnis, dass die beiden Geschwister zueinander hatten. Ihr gefiel auch, dass sie sie in ihren Bund als Dritte aufgenommen hatten.

Wiebke selbst hatte zwar noch Eltern, aber die lebten über achthundert Kilometer entfernt in ihrem Heimatort. Ihre Bilderbuchkarriere als Übersetzerin hatte Wiebke vom Norden in den Süden Deutschlands verschlagen und so ganz war sie noch nicht dort angekommen.

Jetzt im gleichen Hochhaus eine Freundin gefunden zu haben, bedeutete Wiebke sehr viel. Dass sie Babsis Bruder Martin attraktiv fand, hatte sie ihr aber noch nicht verraten. Sie wagte kaum zu fragen, wo er wohnte und ob er liiert war, aber weil nie die Rede von einer Frau war, vermutete Wiebke, dass Martin Single war wie sie selbst.

Babsis Arm konnte schon bald von seinem Gips befreit werden und sie trug nur noch eine riesige Armmanschette. Auch Martins Genesung schritt voran, doch er musste noch viele Tage im Krankenhaus bleiben. Sein linker Oberschenkel war mehrfach gebrochen gewesen und er musste das Laufen an Krücken lernen.

Schließlich konnte man den externen Fixateur lösen und Martin durfte vorsichtig das Bein wieder ein wenig belasten. Nach einer weiteren Woche kam endlich der Tag, an dem er aus der Klinik entlassen wurde. Natürlich standen Babsi und Wiebke bereit, ihn mit Wiebkes Wagen abzuholen.

„Da sind ja meine beiden Lieblingsfrauen", strahlte Martin, als er sie sah. Wiebke strahlte zurück. Sie sah Martin zum ersten Mal nicht im Schlafanzug, sondern in Jeans und T-Shirt, was ihr gefiel.

Wiebke nahm Martins Koffer an sich und ging voraus, um ihnen die Autotür zu öffnen. Als alle eingestiegen waren, drehte sich Wiebke zu Babsi und Martin um und fragte: „Und wohin geht es jetzt?"

„Nach Hause", antwortete Babsi irritiert.

„Ja, wir wollen Martin nach Hause bringen", sagte Wiebke. „Nur weiß ich doch noch gar nicht, wo sein Zuhause ist."

Da begann Babsi zu lachen und Martin stimmte mit ein. „Stimmt, das weißt du ja noch gar nicht", gluckste Babsi schließlich vergnügt.

„Was weiß ich noch nicht", grummelte Wiebke, die sich ein wenig auf den Arm genommen fühlte.

„Martin wohnt auch in unserem Hochhaus", erklärte Babsi. „Hast du dich nie gewundert, wieso ich gleich am ersten Tag so schnell und ohne Hilfe seine Sachen holen und sie ihm ins Krankenhaus bringen konnte?"

Wiebke war überrascht. Sie erinnerte sich an das Köfferchen, dass Babsi damals dabei gehabt hatte, aber sie hatte sich nie gefragt, wo sie es herhatte. „Wir wohnen alle im gleichen Haus?", fragte sie ungläubig.

„Ja, ich im siebten, Martin im achten und du im neunten Stock!", erklärte Babsi lachend.

„Und ich darf die Damen bitten, mich heute in mein Zuhause zu begleiten, vielleicht bestellen wir etwas beim Italiener und machen es uns gemütlich!"

Gesagt getan. Die Frauen schoben Martin auf seinen Krücken mehr in seine Wohnung, als dass er selbst in der Lage war, zu gehen. Wiebke war erstaunt, dass Martin fast genauso eingerichtet war wie seine Schwester, nur der Plüsch und die Deckchen fehlten. Stattdessen sorgten bei Martin ausdrucksvolle Bilder und volle Buchregale für die Gemütlichkeit.

Der Abend war wunderschön und als es Zeit für Wiebke war, zu gehen, lud sie spontan ihre neuen beiden Freunde zu sich ein. „Kommt doch morgen Abend zu mir, ich koche uns etwas Leckeres", versprach sie.

Hinterher verfluchte sie sich selbst für dieses Versprechen. War ihr der Wein zu Kopf gestiegen - oder gar der Mann? Sie wusste es nicht. Ihr war nur klar, dass sie nicht die weltbeste Köchin war, zumal sie über Tag ja auch arbeiten gehen musste und nicht unbeschränkt Zeit hatte, in Ruhe Rezeptbücher durchzublättern.

Schließlich entschied sie sich für eine Lasagne, die im Ofen garen konnte, während sie für die Gäste eindeckte. Doch auch eine einfache Lasagne braucht Zutaten, die eingekauft werden müssen.

An diesem Tag verließ Wiebke ihren Arbeitsplatz bereits eine halbe Stunde früher als sonst, um einzukaufen. Dann fuhr sie so schnell sie konnte nach Hause, um alles vorzubereiten.

Als die Lasagne im Ofen war, begann sie, den Tisch zu dekorieren. Sie stellte Kerzen auf und hatte auch an Blumen gedacht. Den Sekt, den sie zur Begrüßung reichen wollte, hätte sie beinahe vergessen, aber als sie sich an ihn erinnerte, steckte sie ihn schnell vom Vorratsregal in die Kühltruhe.

Als Wiebke wusste, dass alles bestens vorbereitet war, ging sie noch einmal ins Badezimmer, um sich ihre Haare und das Make-up aufzufrischen. Sie hatte kaum ihren Lippenstift nachgezogen, als es klingelte.

Atemlos ging sie zur Tür. Vor ihr stand ... Martin. Mit zwei Krücken unter den Achseln und einer roten Rose zwischen den Lippen. Von Babsi weit und breit nichts zu sehen. Wiebke stockte der Atem.

„Hallo, Wiebke", nuschelte Martin. „Könntest du mir dieses Ding bitte abnehmen?"

Wiebke griff zu und nahm vorsichtig die Baccara-Rose aus seinen Lippen. „Wo ist Babsi?", fragte sie.

„Lässt sich entschuldigen", antwortete Martin. „Hat Migräne."

„Oh, Migräne?", fragte Wiebke stirnrunzelnd nach. „Hat sie das öfter?"

„Nein", antwortete Martin, als er an Wiebke vorbei in die Essecke humpelte. „Nur wenn ich sie ganz herzlich darum bitte."

Mit diesen Worten nahm er Platz, legte die Krücken zur Seite und sah Wiebke offen ins Gesicht.

„Du hast deine Schwester gebeten, heute krank zu werden?", fragte Wiebke sicherheitshalber nach, wobei sie sich ein Grinsen kaum verkneifen konnte.

„Ja", antwortete Martin freimütig. „Ich kenne dich nun schon seit Wochen und war noch nie alleine mit dir. Das ist ein unhaltbarer Zustand, den ich ändern wollte."

„Und nun muss deine Schwester zwei Stockwerke unter uns hungern, während wir hier zusammen essen?", fragte Wiebke.

„So habe ich das noch gar nicht gesehen", antwortete Martin bekümmert. „Du denkst jetzt bestimmt, ich bin ein Egoist."

„Nein, das denke ich nicht", antwortete Wiebke und lachte. „Aber wer soll denn die riesige Lasagne essen, die gerade im Ofen verbrennt? Ich rufe jetzt Babsi an und bitte sie, zu kommen, Migräne hin oder her. Und wir zwei gehen vielleicht morgen zusammen aus? Alleine?"

„Gerne." Martin lächelte verschmitzt. „Ist das ein Versprechen?" Wiebke nickte.

„Dann lass es uns besiegeln", sagte Martin, griff nach seinen Krücken und humpelte ungeschickt auf Wiebke zu. Dabei blieb er einen Moment am Teppich hängen und wäre beinahe gestürzt. Doch Wiebke war schon da, um nach ihm zu greifen und ihn zu stützen. Das war so schnell gegangen, dass sie sich plötzlich in den Armen lagen, rechts und links flankiert von Krücken. Sie mussten beide lachen, wobei Martin noch einmal ins Rutschen kam und unversehens, zwischen Lachen und sich gegenseitig Halten, küssten sie sich.

Endlich, dachte Wiebke und ihr war ganz schwindelig – vielleicht vom Kuss, aber auch vielleicht, weil sie recht unbequem stand und Martins Gewicht mittrug.

Endlich, dachte auch Martin, der sich mit seinen Krücken ungeschickt und unattraktiv fühlte. Ich würde gerne sie halten, statt sie mich, aber so muss es halt im Moment auch gehen und küsste sie erneut.

„Darf ich jetzt deine Schwester dazu bitten?", fragte Wiebke schließlich atemlos. Martin nickte, küsste sie auf die Nasenspitze und zog seine Krücken wieder an sich. „Aber den morgigen Abend verbringen wir beide alleine!", betonte Martin noch einmal, bevor er sich wieder setzte.

„Aber ja", antwortete Wiebke und strahlte vor Glück. Dann rief sie ihre neue beste Freundin

Babsi an. Sie sollte schließlich als erstes wissen, wie es um sie und ihren Bruder bestellt war …

DER ROHRREINIGER

Ich wohne wirklich wunderschön. Das Haus ist alt und die Decken in meiner Wohnung haben noch echten Stuck! Leider sind die Leitungen im Haus ebenfalls schon alt. Es gibt viel zu wenig Steckdosen ... und leider auch verstopfte Abflussrohre!

Als meine Toilette das erste Mal verstopfte, dachte ich mir noch nichts dabei und kaufte mir einen Pümpel. Damit ging es dann wieder.

Meine Mutter versorgte mich mit Tipps: Keine Essensreste ins Klo, nicht zu viel Papier! Keine Tampons, keine Binden!

Mit diesen Tipps und meinem Pümpel hatte ich eine ganze Weile keine Probleme mehr. Aber eines Tages – genauer gesagt: vor drei Tagen – brachte auch beherztes Pümpeln nichts mehr.

Ich ging ins Internet und suchte nach des Rätsels Lösung. Eine eigens für verstopfte Toiletten eingerichtete Homepage empfahl mir einen sogenannten Abflussstampfer. Richtig benutzt, so hieß es, erzeuge diese Saugglocke zunächst einen Überdruck und drücke so die verstopften Gegenstände im Abfluss nach unten, um sie dann gleich wieder mit der Gegenbewegung über den entstehenden Unterdruck anzuziehen. So sollte sich die Verstopfung in der Toilette lösen.

Ich bestellte mir das Teil, das gleich am nächsten Tag geliefert wurde. Kleinere Geschäfte konnte ich zwischenzeitlich noch Zuhause erledigen, alles andere musste warten, bis ich auf der Arbeit war.

Sobald ich den unscheinbaren Plastikstampfer in Händen hielt, drückte ich ihn in den Abfluss und erzeugte so viel Unterdruck wie möglich. Es nützte aber nichts. Als ich ihn wieder herauszog, war er schmutzig, aber das war der einzige Effekt, den ich mit meiner Kraftaktion erreicht hatte. Das war zu befürchten gewesen, daher hatte ich auf dem Weg nach Hause auch sicherheitshalber eine Flasche Rohreiniger gekauft. Ich schüttete sie in die Brühe, die bereits überzulaufen drohte.

Das Wasser begann, sich zu bewegen, als hätte irgendjemand ein Feuer darunter entzündet und würde es zum Kochen bringen. Dabei roch es sehr streng. Eine Stunde später war die Situation unverändert. Nur das Wasser ruhte wieder still wie der See.

Ich war erst ratlos, dann mutlos. Dann rief ich meinen Vermieter an. Ob ich es schon mit Backpulver und Essig versucht hätte? Nein, aber danke. Klingt interessant!

Ich ging noch einmal einkaufen (wobei ich ein Warenhaus aufsuchte, von dem ich wusste, dass es Kundentoiletten betrieb, die ich bei dieser

Gelegenheit auch nutzte), und brachte Backpulver und Essig nach Hause.

Dann versuchte ich mich daran zu erinnern, was mein Vermieter mir gesagt hatte. Einfach ein Päckchen Backpulver in den Abfluss des WCs schütten. Okay, war schnell erledigt.

Danach eine Flasche Haushaltsessig in den Abfluss gießen – und schon begann es wieder zu schäumen und zu blubbern. Jetzt sollte ich das Gemisch vorsichtig mit der Klobürste umrühren und danach zehn Minuten stehen lassen.

In der Zwischenzeit erhitzte ich drei Liter Wasser und schüttete sie in den Abfluss. Jetzt sollten Essig und Backpulver noch stärker miteinander reagieren. Dann wäre die Verstopfung schnell weg.

Von wegen! Es blubberte und schäumte und die Brühe lief über! Sehr appetitlich sah sie nicht aus. Außerdem dampfte sie streng vor sich hin und ich musste mir die Nase zu halten. Empört rief ich erneut meinen Vermieter an.

„Jetzt ist Schluss mit lustig!", sagte ich ihm, allerdings ein wenig höflicher. „Ich bestehe darauf, dass Sie mir sofort einen Fachmann schicken! Ich kann seit Tagen meine Toilette nicht mehr benutzen, das ist Grund für eine Mietminderung!"

Er grummelte zwar etwas, versprach aber, einen Sofort-Service anzurufen. Und tatsächlich: Zehn Minuten später klingelte es bei mir!

Ich riss meine Haustür auf und sagte zu dem Mann, der davorstand: „Das ist toll, dass Sie so schnell kommen konnten! Das wurde auch langsam mal Zeit, dass mein Vermieter was macht … schauen Sie!"

Ich ging in Richtung Bad, aber der junge Mann blieb wie angewurzelt in der Tür stehen. „Kommen Sie, kommen Sie", rief ich und winkte. Der Mann seufzte und folgte mir, wobei er versuchte, mir etwas zu sagen, aber da hatte ich schon die Tür zum Bad aufgerissen …

Er warf einen kurzen Blick hinein, hielt sich die Hand vor Nase und Mund und ging sofort wieder ein paar Schritte zurück in Richtung Ausgang. Ich muss zugeben, er sah ziemlich blass aus. Außerdem fiel mir jetzt auch auf, dass er eine Art Anzug anhatte, was ja für einen Klempner nicht so geschickt ist.

„Sie möchten sich sicher erst umziehen", rief ich ihm verständnisvoll hinterher, aber er schüttelte den Kopf, während er noch immer Reißaus nahm. Als er wieder im Hausflur stand, drehte er sich zu mir um und sagte: „Bitte entschuldigen Sie, aber da liegt eine Verwechslung vor. Ich bin Ihr Nachbar von oben. Ich bin gerade eingezogen und wollte mich eigentlich nur vorstellen. Sie warten bestimmt auf den Klempner."

Mir blieb der Mund offen stehen. Und jetzt fiel mir auch noch auf, dass mein neuer Nachbar äußerst attraktiv war und eine schöne Stimme hatte er zudem! Er hatte sich mir vorstellen wollen – und ich führte ihn in mein überschwemmtes Bad! Oh nein, dachte ich, wie kann man nur so doof sein!

Ich holte tief Luft, weil ich etwas sagen wollte, aber zum einen fiel mir nichts ein und zum anderen kam in diesem Moment ein untersetzter, verschwitzter Mann im blauen Anton die Treppe hoch – und diesen Mann hatte ich gerade viel dringender nötig als den schicken Nachbarn.

„Oh, bitte entschuldigen Sie", sagte ich also zu dem Nachbarn, schob ihn zur Seite und begrüßte den Mann im Anton: „Sind Sie der Klempner?"

„Der Rohrreiniger", korrigierte er mich dumpf und schob sich samt Werkzeugkiste in meine Wohnung.

„Hinten links", rief ich ihm nach.

„Hab's schon gerochen", knurrte er und ging tapfer ins Bad.

Ich wandte mich wieder meinem Nachbarn zu, der noch immer vor meiner Tür stand.

„Ich bin die Barbara", sagte ich jetzt lächelnd und hielt ihm die Hand hin.

„Felix", antwortete er. „Vielleicht komme ich ja mal wieder, wenn hier alles erledigt ist?"

„Gerne", antwortete ich. „Bring eine Flasche Wein mit!"

„Rot oder weiß?", fragte er.

„Überrasch mich!", antworte ich.

„Dann bringe ich Champagner", sagte er und stieg die Treppen zu seiner Wohnung hinauf.

„Morgen, 19 Uhr?", fragte ich und winkte ihm selig hinterher.

Er nickte und schon war er verschwunden.

Es dauerte noch eine Weile, bis mein Rohrreiniger den Schaden behoben hatte, den übrigens nicht ich verursacht hatte. Irgendeine Klappe am Hausanschluss war defekt gewesen und sie hatte Wasser von außen zurückgehalten … So ganz habe ich das Problem nicht verstanden, aber es war mir auch egal.

Als der Mann im blauen Anton mein Bad verließ, floss das Spülwasser wieder munter ab. Ich leistete eine Unterschrift und drückte dem Mann noch einen Schein in die Hand, weil er so schnell gekommen war.

Dann machte ich mich daran, mein Bad zu putzen. Schließlich sollte ich ja am nächsten Tag Herrenbesuch bekommen und da sollte es ja duften und blinken …

TITISEE

Es war ein wunderschöner, sonniger Sonntag. Zu schade, dass Jasmin ihn allein verbringen musste. Es war aber auch wieder einmal wie verhext: Alle ihre Freundinnen waren in festen Beziehungen und verbrachten die Sonntage mit ihren Familien. Die einzige Freundin, die wie Jasmin Single war, lag gerade mit einer Magen-Darm-Grippe im Bett. Und mit Lukas, ihrem Ex, wollte Jasmin nun wirklich nichts mehr zu tun haben.

Aber das Leben ging schließlich weiter, auch nach einer Trennung, und sei sie auch noch so traumatisch gewesen. Jasmin wusste: Sie musste hinaus ins Freie, sich die grüblerischen Gedanken aus dem Kopf pusten lassen, Sonne tanken und frische Luft schnappen. Man kann auch alleine glücklich sein! Jasmin seufzte. Das war die Theorie, aber sich aufzuraffen war in der Praxis sehr schwer. Dennoch beschloss sie, an diesem schönen Tag einen Ausflug zu machen.

Aber wohin? Spontan kam ihr die Idee, an den Titisee zu fahren. Sie war schon ein halbes Leben lang nicht mehr dort gewesen, aber sie erinnerte sich, dass sie mit ihren Eltern einmal sogar an diesem See gezeltet hatte.

Der Titisee im Schwarzwald! Ja, das war ein schönes Ziel für einen sonnigen Tag, zumal er nur zwei Autostunden von Jasmin entfernt lag. Begeistert von ihrer eigenen Idee packte sich Jasmin einen leichten Rucksack, zog sich sportlich-leger an und startete ihren Ausflug.

Manchmal hat man auch Glück, dachte sie, als sie schließlich im frühen Sonnenschein die Autobahn 5 entlang fuhr, die erstaunlich leer war. Jasmin drehte die Musik ihres Lieblingssenders ein wenig lauter. „Cover me in sunshine", sang Pink mit ihrer Tochter, „hülle mich in Sonnenschein". Das passt, dachte Jasmin und sang lauthals mit.

Auf den Bundesstraßen sah es in Sachen Verkehr ein wenig anders aus. Sie führten durch abenteuerliche Schluchten und winzige Orte, die sich an den Straßen entlang zogen. Bei Gegenverkehr konnte es an manchen Stellen eng werden. Aber überall war diese großartige Kulisse der Schwarzwälder Berge zu sehen, deren Bäume mal dunkel- und mal hellgrün leuchteten.

Es war eine großartige Idee gewesen, sich alleine auf den Weg zu machen. Ab und zu hielt Jasmin am Straßenrand an, um mit ihrem Smartphone Fotos zu machen. Wäre sie nicht alleine unterwegs gewesen, hätte sie sich dafür wahrscheinlich nicht die Zeit genommen.

Schließlich kam Jasmin am Titisee an. Es war nicht ganz so einfach wie gehofft, auf Anhieb einen Parkplatz zu finden, denn auch andere Menschen hatten an diesem Morgen die gleiche Idee gehabt wie sie. Doch schließlich wurde sie fündig und konnte ihren kleinen Wagen direkt vor der

Touristeninformation parken, die allerdings geschlossen hatte.

Dafür hatten die Läden geöffnet! Auf dem Weg
zum See selbst kam Jasmin an vielen Geschäften
vorbei, die von Kleidungsstücken über Souvenirs
wie Plüschseehunde bis hin zu Kuckucksuhren alles anboten, wovon sie dachten, dass Touristen
sich dafür interessieren könnten.

Jasmin war gerade von den großen, aufwändigen
Kuckucksuhren so fasziniert, dass sie ein paar Fotos von ihnen machte. Um von einer Uhr den richtigen Ausschnitt zu fixieren, ging sie mit dem
Handy vor dem Auge einen Schritt zurück, wobei
sie direkt in einen jungen Mann lief, der sie nicht
bemerkt hatte, weil er gerade ebenfalls eine Ku-
ckucksuhr fotografierte.

„Oh, entschuldigen Sie bitte", sagte Jasmin, „habe
ich Ihnen weh getan?"

Der Mann lachte verlegen. „Nein, aber ich fürchte,
meine Aufnahme haben Sie verwackelt. Aber
Hauptsache, die Uhr steht noch. Haben Sie jemals
zuvor so etwas gesehen?"

Jasmin schüttelte den Kopf und betrachtete sich
nun die Uhr genauer, die der junge Mann hatte
fotografieren wollen. Sie war wie ein kleines
Schwarzwaldhaus gestaltet und mit den üblichen
hölzernen Tannenzapfen reich verziert. Aber am
niedlichsten waren die Holzfiguren, die sich vor

der Haustür zu einem Picknick versammelt hatten: Vater, Mutter, zwei Kinder und auf dem Balkon über ihnen lachte die Großmutter.

„Etwas so Kitschiges?", fragte Jasmin lachend zurück.

Der junge Mann lachte ebenfalls und beugte sich dann nach vorne, um das Preisschild anzuheben. „1.448 Euro", las er vor. „Bei diesem stolzen Preis ist es kein Kitsch, sondern Kunst."

Wieder lachten beide. Jasmin hob ihr Smartphone, um auch diese Uhr zu fotografieren, aber kaum hatte sie abgedrückt, war der junge Mann verschwunden.

Sie zuckte mit den Schultern und zog weiter die Straße mit den Geschäften entlang, die schließlich zum See führte. Ruhig und silbrig schimmernd lag er da. Eine tiefe Ruhe erfasste nun auch Jasmin, obwohl auf der Promenade reger Betrieb herrschte und die vielen Menschen für einen gehörigen Geräuschpegel sorgten.

Ich werde um den See herumlaufen, dachte sich Jasmin und machte sich auf den Weg. Der erste Teil der Seeumrundung war traumhaft schön mit Blick auf das glänzende Nass. Sie kam an einem Campingplatz vorbei, der ihr vertraut vorkam. Er lag direkt am See. Sie ließ sich an seinem Ufer nieder und packte ihre Wasserflasche aus. Wie gut, dass sie sich einen Rucksack gepackt hatte! Es war mittlerweile regelrecht heiß geworden und sie hatte Durst bekommen.

Es waren einige Schiffe auf dem See. Große Rundfahrtschiffe, aber auch ein Schiff, das aussah wie eine römische Galeere. Dazu zahlreiche Tretboote und sogenannte Donats: riesige, runde Schlauchboote, in denen eine ganze Familie Platz nehmen konnte. Auch ein paar Elektroboote erkannte Jasmin, die langsam und leise den fast zwei Kilometer langen See durchzogen.

Als Jasmin sich sattgesehen hatte, lief sie weiter. Am Ende des Sees musste sie feststellen, dass ihr Rückweg sie leider an der Bundesstraße entlangführte. Das hatte sie sich idyllischer vorgestellt!

Doch schließlich erreichte sie wieder den für die Touristen erschlossenen Teil des Ufers, wo eine Wiese zum Picknicken einlud, was Jasmin auch tat.

Zum Abschluss wollte sie noch eine Rundfahrt machen, am liebsten auf der römischen Galeere, dachte sie, während sie herzhaft in das belegte Brot biss, das sie sich eingesteckt hatte.

Das Galeerenboot schien an der Anlegestelle geradezu auf sie gewartet zu haben, denn als sie bezahlt hatte und eingestiegen war, ging es sofort los. Jasmin war froh, im oberen Teil des Bootes noch eine Bank für sich alleine erwischt zu haben. „Herzlich willkommen auf dem Titisee", begrüßte der Fahrer seine Gäste und erzählte allerlei Wissenswertes über den Vulkansee, der nach dem römischen Feldherrn Titus benannt war.

Jasmin hörte dem Mann kaum zu, der mit gelangweilter Stimme Länge, Breite, Tiefe und Fischreichtum des Gewässers erörterte. Sie war so angetan von der malerischen Kulisse um sie herum, dass sie wieder nach ihrem Smartphone griff, um Fotos zu machen. Sie wollte alles einfangen: das tiefe Blau vor ihr, die Berge im Hintergrund mit ihren Nadelhölzern und die fröhlichen Menschen an den Ufersäumen. Sie reckte und drehte sich, aber dabei passierte es: Sie stieß mit dem Ellbogen an den Rand ihres Sitzes und ließ vor Schreck das Handy fallen. Es landete mit einem satten Platsch im Wasser.

Ach du liebe Zeit! Was jetzt? „Da können wir leider gar nichts machen", sagte der Fahrer, der das mitbekommen hatte. Da er aber das Mikrofon nicht ausgestellt hatte, sondern immer noch in der Hand hielt, hatten nun alle Mitfahrenden gehört, dass ein kleines Unglück geschehen war. „Hier ist der See vierzig Meter tief, Ihr Handy können Sie jetzt vergessen."

Ein mitfühlendes Raunen ging durch die Menge. Jasmin saß wie geschockt da. Um das Handy selbst tat es ihr gar nicht leid, wie sie in diesem Moment bemerkte. Es war ersetzbar. Aber es waren so viele schöne Fotos darauf! Erinnerungen an glückliche Tage.

Aber welche glücklichen Tage denn, fragte sich Jasmin. Die Tage mit Lukas? Eigentlich war das heute mein erster wirklich glücklicher Tag, fügte sie in Gedanken hinzu – und dann so etwas! Bedauernd sah sie noch einmal in die Tiefe ihrem verschwundenen Handy hinterher. Schade. Es waren sicher schöne Aufnahmen darauf.

In diesem Moment merkte Jasmin, wie jemand sie am Arm berührte. Sie drehte sich erschrocken um und erkannte den jungen Mann aus dem Souvenirladen wieder, der mit ihr die Kuckucksuhren fotografiert hatte.

„Das tut mir leid für Sie", sagte er freundlich. „Wie ist das denn passiert?"

„Wie so etwas halt passiert", antwortete Jasmin traurig. „Ich habe nicht aufgepasst."

„Machen Sie sich nichts draus", versuchte der Mann zu trösten. „Sie haben jetzt zwar alle Ihre Kontakte verloren, aber die wichtigsten kommen von alleine wieder."

„Ach", antwortete Jasmin, „darum mache ich mir ehrlich gesagt gar keine Gedanken. Mir tut es um die Fotos leid. Es war so ein schöner Tag und nun habe ich gar keine Erinnerungen mehr daran."

„Wenn es weiter nichts ist", meinte der Mann. „Sie können gerne meine haben. Ich habe den ganzen Tag wie wild herumgeknipst, da sind bestimmt auch Motive dabei, die Sie auch hatten." Dann zwinkerte er, senkte die Stimme und fügte: „Zum Beispiel Kuckucksuhren" hinzu.

Jasmin lachte. Das war eine tolle Idee. „Wie wollen Sie mir die Fotos denn schicken?", fragte sie.

„Per E-Mail. Das geht aber nur, wenn Sie mir Ihre E-Mailadresse geben", antwortete er verschmitzt.

„Klar", antwortete Jasmin und kramte in ihrem Rucksack nach einem Zettel, auf den sie die Adresse notieren wollte.

„Ich heiße übrigens Tobias", sagte der Mann, während er ihr beim Kramen im Rucksack zusah. „Tobias Markert. Das sollten Sie sich notieren, falls meine Mail bei Ihnen im Spam-Ordner verschwindet."

Jasmin nickte eifrig, während sie zwei Zettel schrieb: einen mit ihrer E-Mailadresse für Tobias und einen mit seinem Namen und seiner E-Mailadresse für sich selbst.

Als die beiden zurück an der Anlegestelle waren, zog es bedenklich zu. Wind war aufgekommen und hatte dunkle Wolken mit sich gebracht. Noch bevor Jasmin und Tobias einen Fuß an Land setzen konnten, blitzte es plötzlich und wenig später donnerte es grollend. „Ich glaube, ich suche jetzt mal ganz schnell mein Auto", rief Jasmin Tobias zu und winkte ihm zum Abschied. „Und danke nochmal für das Angebot, es wäre toll, wenn das mit den Fotos klappen würde!"

Auch Tobias winkte ihr zu, sagte „Aber klar" und „Tschüss" und schon war er in der Menschenmenge verschwunden.

Der war aber nett, dachte sich Jasmin, als sie in einen leichten Trab fiel, um noch vor dem Regen ihr Auto zu erreichen. Aber sie hatte keine Chance. Es begann heftig zu regnen und Jasmin wurde klatschnass, noch bevor sie die Touristeninformation erreichte, wo ihr Auto stand.

Eilig schlüpfte sie hinein und keuchte, weil sie so außer Atem war. Aber sie war seltsam glücklich dabei. Wann hatte sie das letzte Mal einen solchen Spurt hingelegt? Wann sich das letzte Mal so nett mit jemandem unterhalten? Es war ein rundum perfekter Tag gewesen!

Nun, sie würde sich am nächsten Tag wohl ein neues Handy kaufen müssen, aber das konnte ihre Laune nicht trüben. Wieder drehte sie ihren Lieblingssender laut und sang zur Musik, während sie in Ruhe nach Hause fuhr. Dabei brach wieder die Sonne durch und Jasmin durchfuhr einen riesigen, schillernden Regenbogen!

In der Zwischenzeit war ihre Kleidung zwar längst getrocknet, aber Jasmin wollte kein Risiko eingehen und nahm zum Tagesabschluss noch ein heißes Bad. Sie war rechtschaffen müde, als sie ihren Schlafanzug anzog, aber Aufregung und Neugierde ließen ihr keine Ruhe. Bevor sie ins Bett ging, schlüpfte sie daher noch in die Ecke ihres Wohnzimmers, in der ein kleiner Schreibtisch stand. Auf ihm war der Laptop, mit dem sie in ihrer Freizeit Fotos bearbeitete. Und auf dem ihr E-Mailprogramm installiert war.

Nervös fuhr sie ihren Laptop hoch und öffnete das Programm. Doch sie wurde enttäuscht: Sie hatte keine virtuelle Post, wenn man von einer Werbemail absah, die von einer Online-Apotheke stammte, bei der sie einmal etwas bestellt hatte.

Tobias Markert, dachte sie, du wirst mich doch nicht etwa auf den Arm genommen haben? Enttäuscht klappte sie ihr Laptop zu.

Der nächste Morgen war ein Montag und er begann hektisch. Ihr Chef hatte ihr eine Nachricht auf dem Handy hinterlassen, aber weil sie nicht reagiert hatte, bei ihr auf dem Festnetz angerufen. „Gehen Sie zuerst in die Stadt und besorgen sich ein neues Handy", empfahl er ihr. „Wir kommen noch eine Stunde ohne Sie aus, aber Sie vielleicht nicht ohne ein Handy!"

Sie tat, was er ihr geraten hatte, kam wegen der fehlenden Stunde mit ihrer Arbeit in Verzug, musste daher länger in der Agentur bleiben und kam völlig abgehetzt am Abend wieder zuhause an. Den ganzen Tag hatte sie an diesen Tobias denken müssen, den sie vermutlich nicht mehr wiedersehen und der ihr vielleicht auch keine Fotos schicken würde.

Doch in ihr war ein Prickeln voller Vorfreude und wenn sie ehrlich zu sich selbst war, musste sie zugeben, dass sie noch immer fest mit seiner E-Mail rechnete. Daher setzte sich Jasmin auch zuallererst an ihren Rechner, als sie nach Hause kam. Das Abendbrot konnte warten.

Und tatsächlich: Da war sie, die ersehnte Mail! Mit einem Anhang von über vierzig Megabyte! Jasmins Rechner hatte ganz schön zu tun, bis sie die Mail öffnen könnte.

„Hallo, liebe Jasmin", hatte Tobias geschrieben. „Eigentlich hatte ich dir die Fotos schon gestern schicken wollen, aber es waren so viele, dass ich sie erst ein wenig sortiert habe. Ich wünsche dir viel Freude mit den schönsten Aus- und Anblicken rund um den Titisee und würde mir sehr wünschen, dass wir uns wiedersehen. Wie wäre es zur Abwechslung mit einem Ausflug an den Bodensee? Ich weiß zwar leider nicht, wo du wohnst, aber wenn dir der Bodensee zu weit weg ist, gibt es bei dir in der Nähe bestimmt einen kleinen Baggersee. Selbst wenn es nur ein kleiner Tümpel wäre, würde ich gerne vorbeikommen und ihn mit dir umrunden. Magst du? Ich würde mich sehr, sehr freuen! Herzliche Grüße, Tobias."

Jasmin lachte kurz auf, aber gleichzeitig stieg ihr die Röte ins Gesicht. Ja, sie wollte Tobias auch wiedersehen, auch gerne am Bodensee oder wo auch immer, aber bevor sie ihm das schrieb, wollte sie erst einmal sehen, was er für Fotos gemacht hatte und öffnete den Fotoordner.

Sie fand eine Aufnahme der Promenade, auf der sich viele Menschen tummelten, eine Aufnahme vom Souvenirladen von außen, von seinen Kuckucksuhren im Inneren – und ein Foto von ihr selbst, wie sie gerade Kuckucksuhren fotografierte.

Hat er mich tatsächlich auch abgelichtet, dachte sie und lächelte. Dieser Frechdachs! Aber die Fotos waren gut. Tobias war anscheinend ein begabter Fotograf.

In den nächsten Bildern fand sie den See wieder mit seinen Bergen im Hintergrund, mit den Menschen im Vordergrund, mit den einzelnen Schiffen. Dann erkannte sie den Strand am Campingplatz, an dem sie lange gesessen hatte. Beim Anblick dieses Fotos überkam sie wieder die Ruhe, die sie überkommen hatte, als sie am Titisee angekommen war. Es war zweifellos ein irgendwie mystischer Ort, dachte sie. Und sie hatte dort Tobias kennengelernt. Tobias, der so freundlich war, ihr als Ersatz für ihre verlorenen Fotos seine eigenen zu schicken und der sie dabei um ein Wiedersehen gebeten hatte.

„Lieber Tobias", schrieb sie als Antwort. „Vielen lieben Dank für die tollen Fotos! Ich habe mich wirklich sehr gefreut. Auch die Einladung zum Bodensee würde ich gerne annehmen. Vielleicht sollten wir die Details der Einfachheit aber telefonisch abstimmen. Ich habe ja mittlerweile auch wieder ein Handy. Hier ist meine Nummer: …"

Der Rest der Geschichte ist schnell erzählt. Die beiden sahen sich wieder, führten ein paar Monate lang eine Fernbeziehung, zogen dann aber schnell zusammen. Ein Hochzeitstermin steht auch bereits fest – die beiden wissen nur noch nicht, wer an diesem Tag die Fotos machen soll.

HAPPY END ROSENHEIM

Ich hasse Autofahren! In der Stadt geht es mir zu hektisch zu und auf der Autobahn zu monoton. Doch dieses Mal musste es einfach sein: Meine beste Freundin Renate hatte eingeladen und es war an der Zeit, sie endlich zu besuchen. Allerdings war sie vor einiger Zeit von Oberursel nach Rosenheim gezogen. Jetzt hatte ich 500 Kilometer Fahrt und jede Menge Baustellen vor mir!

Rosenheim, das hatte mir das Internet bereits verraten, liegt sehr idyllisch im oberbayerischen Alpenvorland. Aber das war für Renate nicht der Grund gewesen, dort hinzuziehen. Schließlich ist es bei uns in Oberursel auch schön. Nein, es war die Liebe gewesen!

Renate hatte das Glück gehabt, einen jener seltenen Exemplare von Mann zu finden, die nicht nur ungebunden, sondern auch noch nett sind, gut aussehen und dazu noch einer geregelten Arbeit nachgehen. Bingo! Volltreffer!

Sie hatte Manfred auf einem Ärztekongress in Frankfurt bei einem Vortrag über Ototoxizität kennengelernt. Es ging also um Medikamente, von denen man heute weiß, dass sie als Nebenwirkung das Hörvermögen verschlechtern. Die beiden saßen zufällig nebeneinander an einem Tisch im Konferenzsaal. Vor ihnen standen mehrere kleine Flaschen Mineralwasser und Gläser, allerdings außerhalb Manfreds Reichweite. Als er sie flüsternd bat, ihm doch ein Glas und eine Flasche zu reichen, sah sie ihn an und fragte: „Wie bitte?"

Manfred räusperte sich und wollte seine Frage schon wiederholen, da zwinkerte sie ihm zu, reichte ihm eine Flasche und ein Glas und sagte: „Kleiner Scherz zum Vortragsthema."

Manfred lachte. Von da an sah er sie den ganzen Tag immer wieder schmunzelnd von der Seite an. Beim Mittagessen kamen sie erneut ins Gespräch und beim Abendessen hatten sie bereits zusammengesessen und kurz danach Händchen gehalten.

Ich seufzte. Das war nun also der Grund, warum ich nun schon zum dritten Mal an diesem Tag im Stau stand! Als Renate und Manfred am Ende des Kongresses endgültig zusammenkamen, wollten sie auch gleich Nägel mit Köpfen machen. „Wenn nicht jetzt, wann dann?", fragten sie sich, denn beide hatten schon eine Ehe hinter sich und hatten nicht mehr an einen Neuanfang geglaubt.

Als Renate bereit war, ihre Zelte in Oberursel abzubrechen, war auch Manfred bereit, in ein neues Haus für sie beide zu investieren. Es waren keine Entscheidungen, deren Umsetzungen sich übers Knie brechen ließen, aber die beiden setzten sie doch recht zügig um. Innerhalb eines Jahres hatte Renate ihren Job als Assistenzärztin am Frankfurter Klinikum gekündigt und in einer Rosenheimer

Klinik angefangen. Auch das künftige gemeinsame Haus war recht schnell etwas außerhalb in Stephanskirchen gefunden.

Jetzt waren die beiden eingezogen, hatten sich eingerichtet und nun sollte gefeiert werden. Schön, dass mich Renate mit dabei haben wollte, denn ich hatte sie die letzte Zeit ganz schön vermisst!

Doch langsam wurde mir klar, dass ich es niemals rechtzeitig zu ihrer Einweihungsparty schaffen würde. Dabei hatte ich es mir doch so genau ausgerechnet: Um drei Uhr mittags wollte Renate die Party mit Kaffee und Kuchen und ausgewählten Gästen ruhig angehen lassen und erst am Abend den Grill anwerfen. Ich wollte unbedingt rechtzeitig kommen, damit ich mit meiner Freundin noch in Ruhe reden konnte, bevor die anderen Gäste kamen. Daher war ich bereits um acht Uhr am Morgen losgefahren.

Ich hätte es also schaffen können! Doch dann musste ich noch meinen Navigator einstellen, den Wagen volltanken und noch einmal umkehren, weil ich zwar meine Handtasche und den kleinen Reisekoffer dabei, mein Beautycase aber vergessen hatte – und ohne Beautycase brauche ich gar nicht erst wegzufahren.

Auf dem Weg zur Autobahn hielt ich dann noch einmal vor einem Bäcker und kaufte einen riesigen Laib Brot. Er kam auf ein Brett, das ich bereits vor Tagen vorbereitet hatte, und auf dem ich einen kleinen Salzstreuer und ein paar Geldmünzen befestigt hatte. Das war mein Einweihungsgeschenk für die beiden: Brot, Salz und Geld, damit ihnen im neuen Heim nichts davon jemals ausginge!

Bis ich endlich auf der Autobahn war, zeigte die Uhr schließlich halb zehn und von nun an stand ich auch noch ständig im Stau! Meine Hoffnung auf einen ruhigen Kaffee mit meiner Freundin verflüchtigte sich.

Gegen Mittag hielt ich an einer Raststätte an und lief ein wenig in der frischen Luft auf und ab, bevor ich mir ein leichtes Mittagessen gönnte. Weil ich gekühlte Luft im Auto nicht mag, hatte ich während der Fahrt meine Klimaanlage ausgeschaltet, was sich jetzt schon als Fehler erwies: Ich war bereits völlig zerknittert und verschwitzt.

Das wurde auch im Laufe des Nachmittags nicht besser. Als ich an Ingolstadt vorbeikam, war es bereits nach ein Uhr. Ich hielt an einer weiteren Raststätte an, machte ein paar Dehn- und Streckübungen und spritzte mir auf der Toilette Wasser ins Gesicht. Dann schrieb ich eine WhatsApp an Renate: „Fahre erst noch ins Hotel, komme möglicherweise zehn Minuten zu spät!"

Das war wohl immer noch sehr optimistisch gewesen. Denn auf München zu wurde der Verkehr nicht viel ruhiger. Ich war genervt und wollte endlich ankommen!

Dann aber, als ich an München vorbeikam und den ersten Blick auf die Alpen erhaschte, freute ich mich. Plötzlich hatte ich das Gefühl von Urlaub und stellte ganz entzückt fest, dass es in Oberbayern wunderschön war.

Als ich endlich in Rosenheim von der Autobahn fuhr, hatte ich mich mit meiner langen Anreise versöhnt. Alles hier sah zauberhaft aus!

Zunächst steuerte ich das Hotel an, das Renate mir ausgesucht hatte, weil ich unbedingt noch duschen wollte. Es hieß „San Gabriele", also genau wie ich, und es war ein riesiges Herrenhaus mit wunderschönen handwerklichen Details, die meisten davon aus Holz. Ein Traum!

Vor lauter Staunen vergaß ich die Zeit. Bis ich ausgestaunt, ausgepackt und geduscht hatte, war es bereits vier Uhr nachmittags! Nun aber holla! Ich warf mich in ein kurzes Cocktailkleid, legte Make-up auf und setzte mich wieder ins Auto.

Nachdem ich mein Navi auf Renates neue Adresse eingestellt hatte, gondelte ich seinen Angaben nach durch die Straßen. „Ziel erreicht", verkündete das Gerät zwanzig Minuten später. Wir waren auf einem Hügel angekommen, auf dem die Häuser und Villen halb versteckt hinter hohen Hecken verwinkelt gebaut worden waren.

Gegenüber sah ich die Berge – ein gigantischer Anblick, den ich aus Oberursel nicht kannte.

Leider hatte ich Mühe, einen Parkplatz zu finden, denn die kleinen Straßen dieser Villengegend waren überall vollgeparkt. Es waren große Autos, glänzende, teils sogar protzig wirkende Autos, unter denen mein Mini völlig verloren und deplatziert wirkte. Ein wenig mulmig war mir schon, als ich ausstieg.

Doch kaum hatte ich einen Fuß aus meinem Auto, als ich schon Renates Stimme hörte. Ich verstand zwar nicht, was sie sagte, aber ich hörte ihr perlendes Lachen aus einem lauten Stimmgewirr, das direkt aus dem Haus mir gegenüber drang. Gleichzeitig hörte ich ein Platschen, als wäre jemand von einem Dreimeterbrett ins Wasser gesprungen und erinnerte mich, dass sie mir etwas von einem Swimmingpool erzählt hatte.

Jetzt freute ich mich richtig, hier zu sein, auch wenn es mich ärgerte, dass ich nicht bereits um sechs Uhr am Morgen losgefahren war. Ich holte mein Holzbrett mit Brot, Salz und Münzen aus dem Kofferraum, drapierte die Einzelteile noch einmal nach und ging dann auf das Haus zu, aus dem ich die Stimmen hörte. Der Weg führte mich an eine Hecke, hinter der eine Garage war. Wo war nur der Hauseingang?

Ich sah mich um, aber erst, als ich mich nach rechts drehte, erkannte ich die Eingangstür. Kein

Name, nur eine Klingel. Ich drückte. Noch immer hörte ich fröhliches Plaudern und Renates Lachen, aber niemand öffnete mir. Vielleicht haben sie es nicht gehört, dachte ich mir und klingelte noch einmal. Lautes Johlen aus dem Garten war die Antwort. Nur an der Tür tat sich nichts.

Doch jetzt! Jetzt hörte ich ein Schlurfen und ein Mann in Bademantel öffnete mir. „Bekommen auch Gäste, die zu spät kommen, noch einen Drink?", trompetete ich fröhlich, doch der Mann sah mich mit müden Augen verständnislos an. Ich zögerte.

Manfred war das nicht, den hätte ich erkannt, aber vielleicht war das der Mann, der eben noch vom Dreimeterbrett … obwohl … heimische Swimmingpools haben keine Dreimeterbretter und für jemanden, der gerade aus dem Wasser kam, sah der Mann zu verschlafen aus. Es war auch eigentlich kein Bademantel, den er trug, sondern eher ein Morgenmantel …

All das ging mir in Zehntelsekundenschnelle durch den Kopf, während ich vor diesem fremden – und übrigens höchst attraktiven – Mann stand, der offensichtlich gar nichts mit mir anzufangen wusste.

„Sie wollen zur Einweihungsparty", sagte er schließlich, als wäre ihm dieser Gedanke jetzt mit einiger Verzögerung gekommen. „Da sind Sie hier falsch! Sie müssen dort links um die Garage herumgehen und dort klingeln."

„Oh", stammelte ich, „es tut mir leid, wenn ich Sie gestört habe, ich bin nicht von hier."

„Schon gut", antwortete der Mann muffig, „bei diesem Lärm kann ja ohnehin keiner schlafen." Sprachs und schlug mir die Tür vor der Nase zu.

Da stand ich nun mit meinem liebevoll drapierten Holzbrett und zuckte mit den Schultern. Ich gebe zu, in meinem Kopf formte sich ein unschönes Wort, das ich dem Fremden gerne hinterher geworfen hätte. Aber ich musste mir eingestehen, dass ich nicht einfach nur sauer war, weil er mich so unhöflich stehen gelassen hatte. Ich war – und so viel Selbstkritik muss sein – verstimmt, weil ich ihn nicht beeindruckt hatte!

Der Mann hatte mir auf Anhieb gefallen, aber ich ihm anscheinend nicht. Sonst wäre er höflicher gewesen, hilfsbereiter und hätte mich zu seinen neuen Nachbarn hinüber begleitet ... Stattdessen stand ich nun da wie ein begossener Pudel.

Doch dann hörte ich wieder Renates Lachen und freute mich. Ich war ja schließlich wegen ihr gekommen und nicht wegen irgendwelcher Männer!

Bei Renate und Manfred stand die Tür sperrangelweit offen. Drinnen ging es drunter und drüber, doch der Großteil der Gäste war auf der Veranda und im Garten. Ich ging nach draußen und ließ die Szenerie auf mich wirken: Kinder spielten im Pool und Erwachsene saßen an Tischen und tranken Kaffee oder erste Cocktails. Ein Mann begann, den Grill einer wunderschönen kleinen Outdoor-Küche anzufeuern. Ein anderer Mann, vermutlich der DJ, hatte gerade ein Mischpult mit Verstärker und Lautsprecherboxen aufgestellt und drehte nun an verschiedenen Reglern.

Ein schönes Ambiente, ein tolles Fest, sogar das Wetter war herrlich. Renate hatte es gut getroffen! Glückwunsch! Doch wo war sie eigentlich?

Da! Sie hatte mich gesehen und löste sich nun von dem Pulk Gästen, die um sie herumgestanden hatten und kam auf mich zu. Beinahe wäre mir das Holzbrett aus der Hand gefallen, so stürmisch wie sie mich begrüßte. Gut sah sie aus, meine Renate, ihre Augen leuchteten und strahlten. Sie war schon immer hübsch gewesen, aber die Liebe und das Glück hatten eine Schönheit aus ihr gemacht. Ich gönnte ihr dieses Glück von ganzem Herzen, aber ein wenig beneidete ich sie auch.

Nachdem ich mein Holzbrett samt Brot, Salz und Geld mit ein paar salbungsvollen Worten übergeben hatte, zog mich Renate in eine Ecke, wo wir vergnüglich über die vergangenen Wochen quatschten, bis Manfred vorbeikam, mich ebenfalls begrüßte und uns bat, uns unter die Gäste zu mischen.

„Morgen früh habt ihr immer noch Zeit, euch aus-zutauschen, jetzt wird gefeiert!", sagte er und drückte Renate an sich. Auch Manfred sah stolz und überglücklich aus.

Mittlerweile war der Grill heiß und das Buffet er-öffnet. Jetzt bemerkte ich, wie hungrig ich war und griff reichlich zu. Als ich mich gerade mit ei-nem Schaschlik-Spieß an einen der vielen Tische gesetzt hatte, ergab sich erneut eine Gelegenheit, mit Renate zu sprechen. Ich erzählte ihr, dass ich versehentlich beim Nachbarn geklingelt hatte und ihre Miene erhellte sich. „Ach, beim Andreas", sagte sie. „Oh, der hat bestimmt geschlafen. Er hatte Nachtdienst!"

Ich erfuhr, dass es sich bei Andreas um einen Kol-legen von Renate handelte, einen Oberarzt am hiesigen Klinikum. „Seit drei Jahren Witwer", fügte sie hinzu und grinste. „Hat eine Teenager-tochter, die ihm über den Kopf wächst."

Ah, dachte ich, da komme jetzt ich ins Spiel. Ich bin nämlich von Beruf Psychologin. Ich grinste zurück.

„Er ist übrigens eingeladen", fiel Renate an dieser Stelle ein. „Vielleicht kommt er ja noch?"

Ich sah mich in Renates riesigem Garten um. „Vielleicht ist er ja schon da", sagte ich. „Das hätte vermutlich keiner bemerkt ..."

In der Zwischenzeit hatte der DJ angefangen, Musik aufzulegen. Langsam wurde es dunkel. Die ersten Gäste tanzten schon: erst Kinder mit ihren Müttern, dann ein paar Frauen, die alleine gekommen waren und zum Schluss die Paare. Die Stimmung war großartig. Auch ich wagte mich auf den Rasen, der uns an diesem Abend als Tanzparkett diente. Selbstvergessen schloss ich die Augen. Hach, es war schön hier!

Als ich dabei aus Versehen in eine ebenfalls tanzende Gestalt prallte, musste ich notgedrungen meine Augen wieder öffnen. „Vorsicht, junge Frau", sagte eine Stimme, die mir bekannt vorkam.

„Oh, entschuldigen Sie", raunte ich reflexartig, aber dann erkannte ich in meinem Mittänzer den Nachbarn vom Nachmittag, Andreas.

„Ganz im Gegenteil", antwortete er, „ich muss mich entschuldigen. Ich habe Sie ja heute Mittag ganz schön im Regen stehen lassen."

„Nun ja, das nicht gerade", antwortete ich, „immerhin schien ja die Sonne. Aber freundlicher hätten Sie schon sein können!"

„Es tut mir wirklich leid", antwortete er, „aber der Schlafmangel macht mich grantig. Ich hoffe, Sie können mir verzeihen."

Diesem Mann würde ich bestimmt alles verzeihen, dachte ich und nickte ihm freundlich zu. Er nickte zurück und zögerte. Offensichtlich wusste er nicht, was er nun als nächstes tun sollte. Entschuldigt hatte er sich ja. Was sagt der Knigge in solchen Situationen?

Vermutlich nichts, dachte ich und beschloss, ihm über diesen peinlichen Moment hinwegzuhelfen, indem ich ihn besonders einladend ansah. Als das nichts half, sagte ich: „Ich glaube, ich könnte noch etwas zu trinken vertragen", und machte Anstalten, den Tanzrasen zu verlassen.

„Bitte", sagte er und deutete eine leichte Verbeugung an. „Ich gehe dann mal wieder zu meiner Begleitung."

Ich war wie vom Donner gerührt und spürte, wie sich mein Gesicht dunkelrot verfärbte. Es war aber sicher zu dunkel, als dass er es bemerkt hätte. Ohnehin war dieser Andreas schon auf dem Weg zu einer blassen, blonden Frau, die in der Terrassentür stand, und legte ihren Arm um sie.

So, das war dann mal klar. Ich wandte mich um und sah direkt in Renates Augen. Offensichtlich hatte sie die Szene ebenfalls beobachtet, denn sie kam sofort zu mir und drückte mich an sich. „Das hatte ich nicht gewusst", versicherte sie. „Das muss ganz neu sein!"

Ich zuckte mit den Schultern. Mit dieser Frau im Hintergrund machte Andreas' Verbalattacke am

Nachmittag gleich noch ein bisschen mehr Sinn. Wer weiß, wobei ich sie gestört hatte!

Als die meisten Gäste schon gegangen waren, saß ich an der Feuerschale, die Manfred gegen Mitternacht entzündet hatte. Renate hatte mir eine Decke gebracht, in die ich mich kuschelte.

„Tja", sagte sie, „jetzt hatte ich schon gehofft, du würdest dich hier verlieben und dann ebenfalls hierherziehen", sagte Renate und setzte sich neben mich.

„Darüber lässt sich reden, Renate", sagte ich und lächelte. „Du hier und die Berge ... wer weiß, ich werde mich einmal umsehen. Sieht ganz so aus, als könnte ich mich in die Gegend hier verlieben ... und es gibt hier bestimmt noch andere Männer als diesen Andreas ..."

ALLER ANFANG ...

Carolin war jahrelang als Apothekerin tätig, als sie das Angebot bekam, in einer anderen Stadt eine Apotheke zu leiten. Sie war dankbar, überglücklich und konnte es kaum erwarten, ihre neue Stelle anzutreten.

Leider bedeutete das auch, dass sie umziehen musste. Schweren Herzens nahm sie Abschied von ihrer Heimatstadt und richtete sich im pfälzischen Landau neu ein.

Die neue Apotheke gefiel ihr gut und auch mit der Kundschaft kam Carolin auf Anhieb zurecht. Die Pfälzer erwiesen sich als freundlich, zugänglich und offen. Selbst bei der Wohnungssuche hatte Carolin Glück: Eine Kundin suchte eine Nachmieterin und Carolin bekam den Zuschlag.

Dafür erwies sich die neue Arbeit als anstrengend. Carolin musste morgens die Erste und abends die Letzte sein. Wochenend- und Notdienste blieben an ihr hängen. Sie hatte kaum Zeit für etwas anderes. Deshalb merkte sie erst an ihrem allerersten freien Wochenende, dass sie gar nichts vorhatte. Sie kannte niemanden, der tagsüber mit durch den Park flanieren oder abends mit ihr hätte ausgehen können. Sie war allein.

Diese Erkenntnis schmeckte bitter. Sie wollte nicht alleine sein! Sie war ein geselliger Mensch, fröhlich und unkompliziert. Carolin war traurig, bis ihr einfiel, dass sie schon immer davon geträumt hatte, in einem Chor mitzusingen. Sie mochte fröhliche Lieder und meinte, eine ganz passable Stimme zu haben.

Carolin suchte im Internet nach Chören in der Umgebung und fand einen, dessen Repertoire ihr gut gefiel. Gleich am nächsten Mittwochabend stellte sie sich zur Probe vor.

Die Chorleiterin begrüßte Carolin freundlich und fragte, welche Singstimme sie hätte.

„Tief?", vermutete Carolin, denn sie hatte ja noch keinerlei Chorerfahrung.

„Dann setzen wir dich mal in den Alt", sagte die Chorleiterin und wies ihr einen Platz zu.

Dort saßen in zwei Reihen hintereinander sieben Frauen, die sie ebenfalls freundlich anlächelten. Carolin sah sich um: Der Chor erwies sich als bunt gemischter Haufen fröhlicher Menschen. Dem Alt gegenüber saßen über zehn Frauen im Sopran und dazwischen, in einem Halbkreis, die Männer des Tenors und die vom Bass.

Wenig später schlugen die Sängerinnen und Sänger ihre Chormappen auf und Carolin bekam ein loses Notenblatt in die Hand gedrückt. Es war der Chorsatz von „I'll be there", ein Hit der Gruppe Jackson 5.

Natürlich kannte sie das Lied und hatte es immer im Radio mitgesungen. Also sang sie auch dieses

Mal lauthals mit, bis sie dezent von ihrer Sitznachbarin angestupst wurde, die mit ihrem Finger auf die Noten auf Carolins Blatt deutete.

Carolin wurde rot. Sie hatte die Melodiestimme mitgesungen, aber im Alt muss die Melodie chorisch unterstützt werden, damit es zu einem umfangreichen Klangbild kommt. Dazu singt man oft genau das Gegenteil dessen, was man aus dem Radio kennt. Es war ihr fürchterlich peinlich, so falsch gesungen zu haben!

Ab sofort folgte sie mit dem Zeigefinger der Notenlinie, die für den Alt galt. Anfangs traute sie sich gar nicht mehr, laut mitzusingen, aber mit etwas Konzentration und Mühe kam sie dann doch in die Alt-Melodie hinein.

Kaum fühlte sie sich sicher, bekam sie schon ein neues Notenblatt in die Hand gedrückt und es wurde ein anderes Lied gesungen. So ging es noch zwei Mal bis zum Ende der Chorstunde.

Als alle aufstanden und fröhlich plauderten, merkte Carolin, wie sehr sie diese ungewohnte Stunde erschöpft hatte. Sie war fix und fertig, dabei hatte sie doch nur eine Stunde lang gesungen!

Carolin ging noch vier Mal in die Chorstunde, und obwohl sie sich immer besser einfand, war es stets sehr anstrengend für sie, die richtigen Töne zu treffen und zu halten. So schwer hatte sie sich das Chorsingen nicht vorgestellt.

Nach sechs Wochen fühlte sie sich mittwochs krank und schwänzte die Chorprobe. Auch am Mittwoch danach hatte sie eine Ausrede, um nicht zur Probe zu müssen: Eine Mitarbeiterin war ausgefallen und es gab noch so viel in der Apotheke zu tun. Eine weitere Woche später dachte Carolin schon gar nicht mehr an die Chorstunde.

Eines Sonntagmorgens beschloss Carolin, das frühere Landesgartenschaugelände zu besichtigen. Sie fuhr in die Stadtmitte und stellte ihren Wagen bei der ersten Parklücke ab.

Sie war kaum aus dem Auto gestiegen, als sie auf dem Gehsteig beinahe in einen Mann hineinrannte, der aus einer Haustüre kam. Sie entschuldigte sich und ging ein, zwei Schritte zurück, um ihm den Weg freizumachen. Erst dann sah sie ihn an und erkannte ihn wieder. Es war einer der Tenöre aus ihrem Chor.

Er erkannte sie auch und sagte: „Oh, Hallo", während er ihr seine Hand entgegenstreckte. „Du kommst ja gar nicht mehr in den Chor, Carolin …"

„Nein, ich … ich … ich war nicht so gut und es fiel mir so schwer …", antwortete sie.

Er lachte ein freundliches Lachen, das ihn gleich noch sympathischer machte und sagte: „Das ging uns anfangs allen so!"

„Ehrlich?", fragte sie nach.

„Aber ja, nur ist das bei den meisten von uns schon eine Weile her. Ich zum Beispiel singe schon seit meiner Schulzeit in diesem Chor. Texte auswendig lernen, Notenabfolgen singen … das alles fällt mir leicht, weil ich es mein Leben lang geübt habe. Hast du gedacht, das kann man einfach so?"

Sie zuckte mit den Schultern und genierte sich etwas. Ja, ehrlich gesagt, sie hatte gedacht, sie setze sich in einen Chor und singe einfach mit.

Ihr Chorkollege, dessen Namen sie nicht kannte, sah sie lieb an. „Wir wären alle froh, wenn du wiederkommst, Carolin", sagte er. „Gerade im Alt sind nicht viele Frauen. Die meisten singen im Sopran und wenn der Sopran so dicht besetzt ist wie bei uns, kommt der Alt nicht mehr dagegen an. Und du hast eine schöne Altstimme, das konnte ich hören. Sing doch wieder mit!"

„Ich überlege es mir", stammelte sie, konnte aber nicht verhindern, dass sie rot wurde. So freundlich hatte sie schon lange niemand mehr angesprochen.

„Ich muss leider los", sagte ihr Chorkollege entschuldigend, „ich bin bei meinem Bruder zum Essen eingeladen, aber vielleicht können wir uns ja Mittwoch nach der Probe länger unterhalten?"

Sie nickte überrumpelt.

Am nächsten Mittwoch kniff sie nicht. Seine Worte hatten ihr Mut gemacht, daher kam Carolin pünktlich zur Chorprobe und wurde freundlichst begrüßt. „Schön, dass du wieder da bist!", sagte die Chorleiterin und ihre Mitsängerinnen sagten Dinge wie: „Wir haben dich schon vermisst", oder fragten, ob sie krank gewesen wäre. Sie wusste gar nicht, wem sie zuerst antworten sollte.

Und dann sah sie ihn im Tenor sitzen. Er nickte ihr zu und lächelte. Errötend nickte sie zurück. Dann beugte sie sich zu ihrer Sitznachbarin und fragte: „Der Mann mit dem karierten Hemd, wie heißt der?"

„Michael. Warum fragst du, hast du Interesse?", wollte sie neugierig wissen.

Carolin lächelte. Ja, sie hatte Interesse … er war so freundlich gewesen …

In dieser Probe fiel ihr vieles leichter. Vielleicht, weil sie ihre Ansprüche an sich selbst ein wenig heruntergeschraubt hatte, vielleicht aber auch, weil sie in den früheren Chorstunden doch etwas gelernt hatte. Sie war glücklich, als sie „I'll be there" fast fehlerfrei mitsingen konnte!

Kaum war die Chorstunde zu Ende, kam Michael auf sie zu. „Bleibt es bei unserer Verabredung?", fragte er freundlich.

„Aber ja", antwortete sie. „Ich habe Zeit!"

„Dann würde ich vorschlagen, wir gehen mit den anderen etwas trinken und setzen uns danach noch ein wenig zusammen?"

Das taten die beiden dann auch. Es war ein schöner Abend. Sie redeten viel, mal mit den anderen, aber meistens miteinander. Jeder am Tisch bemerkte, dass es bei ihnen gefunkt hatte, nur Carolin musste erst einmal nach Hause und sich ins Bett legen, bevor sie die vielen Schmetterlinge in ihrem Bauch bemerkte.

Wie gut, dass Michael gleich am nächsten Morgen in ihrer Apotheke stand und sie fragte, ob sie abends mit ihm essen ginge. Nur sie beide allein. Sie nickte.

Und seit jenem Abend gehören sie zusammen: Carolin, Michael und der Chor!

ZWEITER ANLAUF GLÜCK

„Gehen Sie mit zum Essen?" Mit dieser Frage riss mich Tamara aus meinen Tagträumen. Hastig stammelte ich ein „Ja" und klappte meine Unterlagen zu. Hoffentlich war meiner Kollegin nicht aufgefallen, dass ich bereits minutenlang auf die gleiche Seite gestarrt hatte. Ich spürte, wie mir die Röte ins Gesicht stieg. Ich verhielt mich wie ein frisch verliebter Teenager. Aber hatte ich nicht auch jenseits der Fünfzig ein Recht auf Herzklopfen und ... Liebe?

Liebe! Schon bei dem Gedanken an dieses Wort verkrampfte sich mein Magen und mir wurde flau. Liebe! Zweimal in meinem Leben glaubte ich, sie gefunden zu haben, aber nur einmal in meinem Leben hatte ich sie wirklich gefunden. Damals hatte ich sie verspielt, die Liebe, aber vielleicht hatte ich ja jetzt eine neue Chance?

„Was ist denn los mit Ihnen, Frau Möller?", fragte mich Tamara, als wir zusammen in die Kantine gingen. „Sie sind ja so abwesend, so kenne ich Sie ja gar nicht! Ist Ihnen nicht gut?"

„Danke, es ist alles in Ordnung mit mir!", antwortete ich und schenkte ihr ein Lächeln. Sie war sechsundzwanzig Jahre alt, genauso alt wie ich damals, als ich Gernot begegnete. Ich ertappte mich dabei, wie ich sie heimlich beobachtete: War ich früher auch so hübsch gewesen. So unbedarft?

So ... unschuldig? Wahrscheinlich schon, obwohl ich damals schon mit Rainer verheiratet war.

Rainer hatte ich während meiner Ausbildung zur Steuerfachgehilfin kennengelernt. Ich war mit ein paar Kolleginnen in einer Kneipe verabredet gewesen, doch das Lokal war brechend voll, als wir dort ankamen. Wir fanden keinen leeren Tisch und mussten uns daher zu ein paar Jungs setzen. Es dauerte keine halbe Stunde, bis wir miteinander ins Gespräch kamen und zwanglos plauderten.

Irgendwann fielen mir die Kunstfotografien auf, die an den Kneipenwänden hingen. Eine davon zeigte das Portrait einer interessant wirkenden Frau. „Das Foto sieht toll aus!", sagte ich zu meiner damaligen Kollegin, die links von mir saß.

„Ich kenne das Modell", ließ sich der junge Mann zu meiner Rechten vernehmen. „Sie sieht nicht nur gut aus, sie ist auch sehr intelligent."

„Du tust ja so, als wäre das ein Widerspruch", antwortete ich.

Alle am Tisch johlten. „Da hat sie es dir aber gegeben, Rainer!", freute sich der Mann mir gegenüber.

„Ja, allerdings", antwortete er souverän, aber ich sah doch, dass er ein wenig rot wurde. Dann bestellte er ein weiteres Glas Rotwein für mich und stellte sich formvollendet vor. So lernte ich Rainer kennen.

Rainer war damals frischgebackener Ingenieur. Er fuhr einen kleinen, aber feinen Wagen der Mittelklasse, mit dem er mich am Sonntag darauf von zuhause abholte, um mit mir einen Ausflug zu machen. Alles an ihm war irgendwie sauber, ordentlich, klar und gediegen: Er hatte sein Studium mit Bestnoten abgeschlossen, obwohl er nebenbei immer Jobs gehabt hatte, um es zu finanzieren.

Als er achtzehn Jahre alt war, starb sein Vater bei einem Arbeitsunfall. Als Einzelkind kümmerte er sich freundschaftlich um seine Mutter, die ihm auch gelegentlich kleine Extras finanzierte, wie beispielsweise sein Auto.

Dieser Wagen sah aus, als käme er direkt aus der Autowäsche, so blinkte und blitzte der Chrom. Auch Rainer selbst war wie aus dem Ei gepellt. Er hatte stets frisch gewaschene Haare und ein sauberes, gebügeltes Hemd an – und lächelte mit viel Zähnen, was mich sofort für ihn einnahm.

Ich war noch am gleichen Abend hin und weg und freute mich, dass er mich schon am nächsten Abend wiedersehen wollte. Und am übernächsten Abend auch. Genauer gesagt, sahen wir uns jetzt fast täglich und kamen uns schnell näher. Auch meine Mutter war von ihm begeistert, schließlich war Rainer der wahr gewordene Traum eines

Schwiegersohns: gutaussehend, ordentlich, freundlich und ehrgeizig.

Nachdem wir ein Jahr miteinander gegangen waren, hielt Rainer um meine Hand an. So wie es sich gehörte: mit roten Rosen und einem Kniefall. Wer hätte dazu schon Nein sagen können? Ich jedenfalls nicht, denn ich konnte mein Glück kaum fassen.

Mittlerweile hatte ich meine Ausbildung zur Steuerfachgehilfin abgeschlossen. Weil mich die Kanzlei, bei der ich gelernt hatte, nicht übernehmen konnte, wechselte ich zu einer großen Steuerberatungsgesellschaft. Doch bevor ich dort mit meiner Arbeit anfing, gönnte ich mir eine Auszeit von einem Vierteljahr, um unsere Hochzeit vorzubereiten.

Ein großes Fest sollte es werden, denn Rainer wollte nur einmal im Leben heiraten, „dann aber richtig!" Daher war die Hochzeit auch sehr großzügig von ihm budgetiert. Seine Mutter half mir bei den Vorbereitungen.

Überhaupt erwies sich Brunhilde, meine zukünftige Schwiegermama, als Schatz. Viele Bekannte hatten mich anfangs gewarnt und vermutet, dass Brunhilde ihren einzigen Sohn wohl kaum so ohne weiteres teilen würde, doch nichts davon war wahr. Sie war so traditionsgebunden wie ihr Sohn und fand es ganz natürlich, dass er heiraten und eine Familie gründen wollte, nachdem er seine Berufsausbildung abgeschlossen hatte. Statt eifersüchtig zu reagieren, freute sie sich über meine Gesellschaft und hoffte auf viele blonde Enkelkinder.

Unseren Polterabend veranstalteten wir an einem Freitag. Freunde, Nachbarn, Kollegen und ehemalige Kommilitonen feierten ausgelassen mit uns und warfen den Hof voll mit Porzellan. Am nächsten Tag ging es im kleinen Kreis zum Standesamt. Nur Rainers Mutter, seine Tante und sein Onkel sowie meine Eltern und Geschwister waren eingeladen. Aber am Sonntag, als wir uns vor dem Traualtar das Ja-Wort gaben, waren alle wieder da.

Nach der Kirche ging es ins beste Restaurant der Stadt, wo wir üppig zu Mittag aßen. Für den Nachmittag hatten wir ein ganzes Freizeitgelände angemietet. Am Abend, als noch einmal fürstlich aufgetischt wurde, spielte eine fünfköpfige Band. Wir tanzten bis in den frühen Morgen und stiegen danach in ein Taxi, das uns zum Frankfurter Flughafen brachte. Wir trugen noch unsere Hochzeitskleidung, als wir am Schalter eincheckten. Unser Ziel war die Karibik, wo wir drei Wochen lang flitterten.

Wieder in Deutschland holte uns der Ehealltag schnell ein. Ich begann meine Arbeit bei der Steuerberatungsgesellschaft und Rainer wurde in seinem Ingenieurbüro zum ersten Mal befördert.

Weil wir uns ohnehin mindestens zwei Kinder wünschten, verhütete ich nach der Hochzeitsreise nicht mehr. Deshalb durfte ich auch kein Glas Alkohol mehr trinken.

„Es könnte dem ungeboren Baby schaden!", meinte Rainer.

„Aber ich bin doch noch gar nicht schwanger!", maulte ich.

„Du könntest es aber sein und noch nicht wissen!", lächelte er. Weil er recht hatte, fügte ich mich.

Erste Auseinandersetzungen gab es bei der Wohnungseinrichtung. Ich war zu Rainer gezogen, der es qualitativ hochwertig und gediegen mochte. Er war bereits teuer eingerichtet und sah nicht ein, das eine oder andere Stück gegen etwas Moderneres einzutauschen – etwas, das mehr meinem Geschmack entsprochen hätte. Als ich vorschlug, wenigstens die weißen Wände bunt zu streichen, kam es zum ersten, großen Streit. Ich wusste gar nicht, wie mir geschah, aber der besonnene, gewinnende Mann, den ich geheiratet hatte, mutierte plötzlich zum Choleriker. Krebsrot im Gesicht schrie er mich an, dass er nicht in einer Hippie-Wohnung hausen würde und dass ich mir meine Flausen abschminken könne.

Ich war so verwirrt über die Heftigkeit seiner Reaktion, dass ich mich weinend ins Schlafzimmer zurückzog. Wenig später legte sich Rainer zu mir und schlief sofort ein, als wäre nichts gewesen. Ich hingegen fand noch lange keinen Schlaf.

Leider war dies nur die erste heftige Auseinandersetzung gewesen, aber beileibe nicht die letzte. Von dem Moment an, an dem wir verheiratet waren, war Rainer wie ausgewechselt. Mehr und mehr betrachtete er mich als sein Eigentum und bestimmte stets über mich. Das freundlich-liebevolle Verhalten, das er vor unserer Ehe gezeigt hatte, war verschwunden. Rainer war mürrisch und gebieterisch geworden – und besessen von dem Gedanken, ein Haus zu bauen und eine Familie zu gründen.

In dieser Zeit lernte ich Gernot kennen. Er war Steuerberater in der neuen Kanzlei und hatte sein Zimmer am anderen Ende des Flurs. Ich saß mit zwei weiteren Kolleginnen in einem Zimmer gegenüber der Eingangstür und sah ihn, wann immer er nach mir kam oder vor mir ging. Sonst hatten wir zunächst nichts miteinander zu tun, aber ich merkte bald, dass er meine Nähe suchte. Er kam auffallend oft auf einen Kaffee vorbei, brachte mir ein paar Mal am Tag seine Post oder machte Kopien, wenn ich alleine im Büro war.

Stets kamen wir problemlos ins Gespräch und immer, wenn er mich mit seinem feinen Lächeln anstrahlte, konnte ich mich des Gedankens nicht erwehren, dass ich vielleicht doch zu früh geheiratet

hatte. Zuhause wurde mein Mann immer despo-
tischer, besitzergreifender und bestimmender,
aber in Gernots Gegenwart fühlte ich mich geachtet und geschätzt.

Eines Freitagabends hatte es wieder einmal Streit
gegeben. Der Grund: Weil ich die falschen Lebensmittel eingekauft hatte! Rainer war sehr mar-
kenbewusst, aber ich hatte einmal etwas anderes
im Kühlschrank haben wollen als sonst. Also
hatte ich zu Konkurrenzprodukten und zu ganz
anderen Lebensmitteln als normalerweise gegrif-
fen. Das passte Rainer gar nicht.

Es ist mir heute noch ein Rätsel, wieso man deshalb stundenlang herumschreien kann, aber Rainer schaffte das. Er nannte mich „zu blöd zum
Einkaufen", „die teuren Lebensmittel gar nicht
wert", „dumm" und viele andere Dinge, die mich
fertig machten. Wo war nur der Mann geblieben,
den ich einmal geheiratet hatte?

Statt mich wie sonst heulend ins Schlafzimmer zu-
rückzuziehen, schnappte ich mir meine Handtasche und verließ die Wohnung. Dann fuhr ich mit
meinem Auto durch die Gegend und wusste erst
gar nicht recht, wohin. Schließlich hielt ich an und
stand vor der Kanzlei, in der ich arbeitete. Ich
konnte mich nicht erinnern, hierher gefahren zu
sein, aber dennoch war ich da. Ich sah mich um.

Oben war noch Licht. Und unten stand Gernots
Auto! Ich seufzte. Seine Gesellschaft brauchte ich

jetzt am allermeisten. Ich verließ mein kleines Auto und ging zurück an meinen Arbeitsplatz. Dabei machte ich so viel Lärm wie es gerade noch schicklich war. Und es geschah, was ich mir erhofft hatte: Gernot hörte mich, verließ sein Zimmer und kam, um nach mir zu sehen. Dabei lächelte er wieder dieses feine Lächeln, das so einen großen Kontrast zu Rainers Grinsen darstellte.

„Na, etwas vergessen?", fragte Gernot.

„Ja, aber schon erledigt", log ich und wurde ein wenig rot. „Und Sie? Noch viel zu tun?"

„Auch schon erledigt", lächelte er. „Ich wollte gerade Feierabend machen und etwas essen gehen. Sie möchten nicht zufällig mit?"

Statt einer Antwort nickte ich nur.

„Nun, dann packen wir doch gleich zusammen! Wo möchten Sie hin? Ist der Italiener um die Ecke okay?"

Wieder nickte ich, unfähig etwas zu sagen. Mein Herz klopfte wie wild. Was zum Teufel tat ich da? Wollte ich Rainer untreu werden?

Nein, log ich mir vor, ich wollte nur einen schönen Abend verbringen, mich nicht immer und immer wieder von meinem Mann fertigmachen lassen. Ich wollte nur diesen einen Abend mich wieder wie eine Frau fühlen … wie eine Frau, die man bewundert und begehrt …

Es war ein wunderschöner Abend. Als ich gegen Mitternacht nach Hause kam, war ich ein wenig angetrunken und sehr, sehr verliebt. Ich schwebte wie auf Wolken und es störte mich nicht im Geringsten, dass mein Gatte bereits seelenruhig im Bett lag und schnarchte. Ich rollte mich neben ihm ein und hing meinen eigenen Gedanken und Träumen nach.

Gernot hatte mich zum Abschied geküsst. Es war nur ein ganz zarter Kuss gewesen, aber in diesem Kuss lag ein Versprechen. Mir war klar: Wenn ich mit Rainer brechen würde, wäre dieser Mann für mich da.

Am nächsten Tag war Samstag und ich kam nur langsam in die Gänge. Mir war übel. Vermutlich vom Alkohol gestern, dachte ich, ich bin ihn ja gar nicht mehr gewohnt. Aber dann übergab ich mich so heftig, dass ich völlig erschöpft auf dem Badezimmerfußboden zusammenbrach. In diesem Moment klingelte es und gleich danach stand Brunhilde neben mir: meine Schwiegermutter und mein guter Geist. „Mir ist so schlecht!", sagte ich und sie half mir, vom Fußboden aufzustehen.

„Das sind aber gute Nachrichten", freute sie sich und umarmte mich, sobald ich stand.

„Gute Nachrichten?", fragte ich verwundert und sie lachte. Dann drückte sie mich wieder und jauchzte regelrecht. „Es wurde auch langsam

Zeit!", meinte sie dann verschmitzt und erst jetzt fiel bei mir der Groschen.

„Du meinst, ich bin schwanger?", fragte ich fassungslos. „Wie kommst du denn darauf? Mir ist doch nur ein wenig schlecht!"

„Soso und hast du dir die Lebensmittel einmal genauer angeschaut, die du gestern eingekauft hast?", fragte sie zurück. „Lauter Dinge, die du doch sonst nie kaufen würdest! Saure Gurken mit Chili. Saure Gurken mit Honig. Erdnussbutter. Schokoladencreme. Matjesfilets."

Ich starrte meine Schwiegermutter bestürzt an und begriff im gleichen Moment, dass sie recht hatte. Schon die ganzen letzten Tage hatte ich mich irgendwie komisch gefühlt … und meine Regel war zudem überfällig. Wieso war ich nicht selbst darauf gekommen?

Rainer war überglücklich. Er entschuldigte sich auch für das Theater, das er noch am Vortag wegen meiner Einkäufe gemacht hatte. „Und wenn du jetzt nur noch saure Gurken mit Schokoladencreme möchtest – ich besorge sie dir!", versicherte er mir und zeigte sich seit langem wieder einmal so liebevoll wie früher.

Ich weinte hemmungslos. Weder mein Mann noch meine Schwiegermutter wunderten sich, warum ich auf dem Sofa saß und unablässig schluchzte. Sie dachten, es wären einfach nur meine Hormone, die verrücktspielten und dass ich mich so sehr auf mein Baby freute …

Nun, ich freute mich sehr auf mein Baby. Einerseits. Aber wenn ich in der Nacht noch gehofft hatte, mich von Rainer zu trennen und mit Gernot ein neues Leben anzufangen, dann hatte sich diese Hoffnung nun zerschlagen. Das Kind war schließlich von Rainer und so konservativ war sogar ich, dass ich nicht mit seinem Kind zu einem anderen Mann gehen wollte.

Rainer war begeistert, als ich ihn bat, mich ganz der Schwangerschaft widmen zu dürfen und nicht mehr arbeiten gehen zu müssen. Gleich am Montagmorgen meldete ich mich in meiner Kanzlei krank und reichte gleichzeitig die Kündigung ein. So konnte ich vermeiden, Gernot noch einmal zu sehen. Dazu hätte ich nicht die Kraft gehabt …

Die Jahre vergingen und ich bekam insgesamt zwei Kinder: ein Mädchen und einen Jungen. Rainer war ein stolzer, aber auch strenger Vater, der seinen Kindern nichts durchgehen ließ. Mir aber auch nichts. Wir standen alle unter seinem Kommando!

Oft biss ich die Zähne zusammen und wäre am liebsten davongelaufen, aber dann blieb ich der Kinder zuliebe. Mein Leben war freudlos und ich wäre beinahe daran zerbrochen. Doch meine Kinder entwickelten sich gut und gaben mir Kraft. Als sie vergangenes Jahre beide flügge wurden und auszogen, reichte ich umgehend die Scheidung ein.

Für Rainer kam das nicht überraschend. Während ich ihm all die Jahre über treu geblieben war – von Gernots zartem Abschiedskuss damals einmal abgesehen – hatte er im Laufe der Jahre immer wieder Affären gehabt. Kaum waren wir beide geschieden, zog schon seine aktuelle Flamme in unser ehemaliges gemeinsames Haus. Das war nicht sehr geschmackvoll, aber es verletzte mich nicht. Im Gegenteil. Ich war froh, dass er sich anderweitig gebunden hatte, denn nur so konnte ich sicher sein, dass Rainer mich künftig in Ruhe lassen würde. Ich war raus aus dieser Ehe. Endlich!

Bei der Wohnungssuche hatte ich Glück und konnte zurück in die Stadt ziehen. Ich suchte mir Arbeit in einer Kanzlei und hatte eigentlich befürchtet, dass mich aufgrund meines Alters keiner mehr nehmen würde. Doch ich hatte mich getäuscht. Die Chefs meiner neuen Kanzlei fanden, eine ältere Mitarbeiterin könne den Betrieb bereichern und ich tat mein Bestes.

Nur die Abende nach der Scheidung waren lang und einsam. Bis eines Tages meine süße Tochter Annika kam und mich fragte, ob ich nicht auf Facebook nach alten Freunden suchen wolle.

„Auf Facebook? Ist das nicht etwas für euch Junge?"

Annika lachte. „Nein, eigentlich nicht", sagte sie. „Im Gegenteil. Wir Jungen sind auf anderen Plattformen unterwegs, seitdem ihr Älteren auf Facebook überhandgenommen habt."

Ich hörte den Spott in ihrer Stimme, war aber auch neugierig geworden. Also gab ich Annika mein Smartphone und ließ mir von ihr die Facebook-App auf mein Handy laden. Dann zeigte sie mir, wie es geht.

„Hast du eine Jugendfreundin, von der du lange nichts mehr gehört hast?", fragte sie mich. Ich nickte und nannte ihr deren Namen. Annika ging in die Suchfunktion. Mehrere Bilder erschienen auf dem kleinen Bildschirm und gleich die zweite Frau dieses Namens war meine alte Schulkameradin.

„Jetzt musst du sie anklicken und fragen, ob sie mit dir befreundet sein will", erklärte Annika und tat es für mich. „Wenn sie dir die Freundschaft bestätigt, dann könnt ihr euch Nachrichten schicken und austauschen …"

Nicht nur meine Jugendfreundin fand ich auf Facebook wieder. Auch Frauen, mit denen ich einmal in Krabbelgruppen war und die weggezogen waren oder die ich sonst wie aus den Augen verloren hatte. Bald waren meine Besuche auf Facebook Routine und ich genoss den losen Kontakt, den ich plötzlich wieder mit so vielen Menschen aus meiner Vergangenheit hatte.

Eines Tages bekam ich selbst eine überraschende Freundschaftsanfrage. Sie war von Gernot. Mein Herz klopfte wie wild, als ich ihn auf meinem kleinen Bildschirm sah. Seither schreiben wir uns jeden Tag.

Ich habe mich längst bei ihm dafür entschuldigt, dass ich einfach so ohne ein Wort aus seinem Leben verschwunden bin. Ich habe ihm von meinen Kindern und meiner Scheidung erzählt und dann vorsichtig nach seinem Leben gefragt. Er war Single geblieben, schrieb er mir, weil es eine Frau gäbe, die er niemals vergessen konnte, und ehrlich gesagt hoffe ich, dass ich das bin.

Heute Abend treffen wir uns zum ersten Mal seit zwanzig Jahren wieder. Wir gehen in den Italiener „um die Ecke", den es noch immer gibt.

Ich hoffe inständig, dass Gernot und ich dort unsere Gefühle von damals wiederfinden! Und dass wir sie ausleben können, endlich, nach all den Jahren! Vielleicht finden wir es jetzt ja, unser Glück, jetzt im zweiten Anlauf!

IM WHISKY LIEGT DIE WAHRHEIT

Kaum waren die Kinder aus dem Haus, packte auch Uwe seine Koffer. In dieser Familie werde er jetzt ja nicht mehr gebraucht, meinte er, nun könne er endlich alles tun, was er während seiner Ehe versäumt habe. Er zog in eine kleine Zweizimmerwohnung, die er sich heimlich nebenbei gesucht und angemietet hatte.

Seine Frau Christa war geschockt und verzweifelt. Zuerst dachte sie, Uwe habe eine andere Frau kennengelernt, aber das war es nicht. Er hatte einfach nur genug vom Familienleben und suchte neue Hobbys.

Zunächst begann er mit einem Segeltörn, dann interessierte er sich fürs Geocoaching. Er lief mit seinem Smartphone durch die Wälder, aber kaum wurde das Wetter schlechter, wurde Uwe auch wieder häuslicher und sah sich Abend für Abend im Fernsehen verschiedene Serien an.

Christa erfuhr davon durch Eva, ihre gemeinsame Tochter, die ihren Vater regelmäßig in der neuen Wohnung besuchte. „Jetzt ist er zu Rotwein übergegangen", erzählte Eva eines Abends, als sie bei Christa zu Besuch war. „Er hat verschiedene Weinseminare besucht und sich auf Rotwein eingeschossen." Merkwürdig, dachte Christa, früher hat Uwe nur Bier getrunken. Ihr Herz schmerzte, denn er fehlte ihr sehr.

Ein paar Wochen später hatte Uwe Geburtstag. In Sachen Geschenk hatte Eva eine Idee. „Rotwein wird auch einmal langweilig", verkündete sie und zeigte Christa einen Geschenkgutschein. „Schau, das ist für eine Whisky-Verkostung. Das gefällt ihm bestimmt."

Christa nickte und gleichzeitig traten ihr Tränen in die Augen. „Du musst nicht weinen, Mutti", sagte Eva und nahm sie in den Arm. „Vati will schon lange wieder zu dir zurück, aber er traut sich nicht, es dir zu sagen."

„Woher willst du das wissen?", fragte sie. „Hat er das gesagt?"

„Nein, aber du weißt doch, wie Paps ist: stolz! Er würde das nie einfach so zugeben. Man muss ihm schon eine Brücke bauen. Wie wäre es, wenn du auch auf dieser Whisky-Verkostung auftauchst? Dann kämt ihr vielleicht wieder ins Gespräch?"

Christa dachte darüber nach und fand Gefallen an der Idee. Sie ließ sich einen Termin beim Friseur geben und kaufte sich ein hautenges Etuikleid, zarte Nylons und hochhackige Pumps.

So ausgestattet kam sie kalkulierte zehn Minuten zu spät zur Whisky-Verkostung. Die rund fünfzehn Teilnehmer standen bereits in einer großen, unübersichtlichen Runde um den Barmann, der seine Gäste begrüßte. Alle drehten sich zu Christa um, als sie hereingestöckelt kam und sich suchend umsah. Eine Serviererin begrüßte Christa mit einem Glas Sekt und auch der Barmann unterbrach seinen Redefluss mit den Worten: „Oh, da kommt ja noch eine Nachzüglerin! Herzlich willkommen!"

Dann erzählte er etwas darüber, was sie alle an diesem Abend erwarten würde. Die Teilnehmer wandten sich wieder ihm zu, nur Uwe funkelte Christa böse an und ging auf sie zu, während sie an ihrem Begrüßungssekt nippte. „Was machst du hier?", zischte er.

„Wieso?", antwortete Christa unschuldig. „Ich habe mich schon vor Wochen für diese Verkostung angemeldet."

„Ich habe sie zum Geburtstag geschenkt bekommen", trumpfte Uwe auf. „Von Eva!"

„Sieh an, sieh an", sagte Christa und grinste. Dann drehte sie sich weg und ließ Uwe stehen, denn mittlerweile hatte der Barmann die Teilnehmer gebeten, Platz zu nehmen. Christa steuerte den Platz an der Seite des hübschen Barmanns an. Uwe reagierte nicht schnell genug und erwischte nur einen Platz am unteren Teil des langen Tisches – außerhalb Christas unmittelbarer Sichtweite.

Es war ihre erste Whisky-Verkostung und Christa genoss sie. Die Serviererin stellte klein geschnittene Brote und verschiedene Tapas mitten auf den

Tisch und kredenzte im Laufe des Abends insgesamt sechs verschiedene Whiskysorten, die teilweise weich und mild, teilweise aber auch etwas medizinisch oder rauchig schmeckten.

Schon nach dem dritten Whisky hatte Christa einen Schwips, denn sie war an Alkohol nicht gewöhnt. Munter plauderte sie mit dem Barmann und dem Ehepaar links von ihr. Selbst der Mann von gegenüber prostete ihr zu.

Christa gefiel es zunehmend. Die letzten Wochen und Monate hatte sie kaum das Haus verlassen, daher genoss sie die angenehme Gesellschaft. Als sie nach dem letzten Whisky aufstehen und auf die Toilette gehen wollte, hatte sie aber Mühe, geradeaus zu laufen. Das lag vermutlich an ihren Pumps, auf denen sie das Gleichgewicht verlor und beinahe umknickte.

Gut, dass Uwe sofort neben ihr stand und ihr buchstäblich unter die Arme griff. Auch der Herr, der Christa gegenüber gesessen hatte, war bereits aufgesprungen, um zu Hilfe zu kommen, aber Uwe war dieses Mal eindeutig schneller.

„Was machst du hier?", zischte er noch einmal, während er Christa nach draußen führte.

„Das gleiche wie du!", lallte sie fröhlich. „Leckere Whisky-Probe."

„Ja, ja, aber du und Whisky? Ich kann mich nicht erinnern ...", fing er an, aber da unterbrach sie ihn schon: „Du kannst dich nicht erinnern, dass ich auch einmal spontan etwas Neues ausprobieren möchte? Hast du gedacht, mir reicht das, halbtags zu arbeiten und den Rest der vierundzwanzig Stunden Hausfrau und Mutter zu sein? Bist du nie auf die Idee gekommen, dass ich auch noch nie auf einem Segeltörn war oder auf einer Whisky-Verkostung? Dass ich mir auch mehr von diesem Leben versprochen haben könnte?"

Fassungslos starrte Uwe seine Frau an, die sich aus seinen Händen riss und mit hocherhobenen Haupt auf die Toilette ging. Dort zog sie ihren Lippenstift nach, holte tief Luft und stöckelte vorsichtig zurück an ihren Platz.

Wenig später war der Abend zu Ende. Der Mann von gegenüber verwickelte Christa noch in ein Gespräch und fragte, ob sie wohl noch zusammen woanders hingehen könnten, aber sie lehnte ab.

„Ein anderes Mal gerne", sagte Christa und ließ sich von ihm seine Telefonnummer geben. Dann ging sie nach draußen, wo Uwe auf sie wartete.

„Du wirst den Mann doch nicht etwa wiedersehen?", fragte er spitz.

„Warum nicht?", antwortete Christa. „Ich bin Single, mein Mann hat mich verlassen!"

„Hat er nicht", widersprach Uwe.

„Doch, er hat sich eine Wohnung genommen und ist aus meinem Leben verschwunden."

„Er brauchte eine Auszeit", sagte Uwe, dem es offensichtlich nicht komisch vorkam, von sich in der dritten Person zu sprechen.

„Das hat er mir aber nicht gesagt", meinte Christa. „Ich musste damit fertig werden, dass er plötzlich weg war, weil er so viele Dinge noch nicht ausprobiert hatte."

Uwe nickte. „Das war dumm von mir, tut mir leid."

Christa sah ihn überrascht und belustigt an. „Es tut dir leid? Und nun? Was erwartest du von mir? Dass ich sage, naja, kann ja mal passieren, dass man sich so täuscht, komm doch einfach wieder als wäre nichts geschehen ..."

„Nein, das kann ich nicht erwarten, aber vielleicht könnten wir uns ja wiedersehen und zusammen etwas unternehmen. Es muss ja nicht wieder eine Whisky-Verkostung sein ..."

Christa nickte langsam und überlegte. „Ruf mich an", sagte sie schließlich und winkte zum Abschied. Dann ging sie zum nächsten Taxistand, nahm sich einen Wagen und ließ sich nach Hause bringen.

Ein paar Tage später gingen Uwe und Christa zusammen essen und redeten. Nach der ersten großen Aussprache beschlossen sie, mehr zusammen zu unternehmen und meldeten sich bei den Naturfreunden an, um gemeinsam zu wandern. Sie besorgten sich ein Theaterabonnement und planen sogar, einen Tango-Kurs in Angriff zu nehmen. Doch zuvor will Uwe seine Zweizimmerwohnung räumen.

Es war ganz so, wie Töchterchen Eva es vorausgesagt hatte: Uwe hatte sich längst wieder nach seiner Frau und ihrem gemeinsamen Leben zurückgesehnt, aber nicht getraut, das zuzugeben.

Ein Zurück ins alte Leben wird es nicht geben, das weiß Christa zu verhindern. Aber auf einen Neuanfang unter anderen Vorzeichen kann sie sich einlassen, jetzt, nachdem der Schmerz über die plötzliche Trennung überwunden ist.

BITTE, GIB MIR EINE
ZWEITE CHANCE!

Es war zwei Monate und sechs Tage nach Melissas Scheidung von Joachim, als ihre Freundin Sybille der Kragen platzte: „Du kannst doch nicht die Tage seit deiner Scheidung zählen wie andere Leute die Tage ihrer Ehe! Joachim hat dich von vorne bis hinten belogen und betrogen, sei froh, dass du ihn los bist!"

Melissa kämpfte mit den Tränen, aber sie nickte. Es war eine einvernehmliche Scheidung gewesen, und sie hatte dabei eher das Gefühl gehabt, dass Joachim froh war, sie loszuwerden als umgekehrt. Melissa und Joachim waren bereits über ein Jahr lang getrennte Wege gegangen, aber der Termin beim Scheidungsrichter riss bei Melissa alle alten Wunden wieder auf. Auch eine einvernehmliche Scheidung kann sich so anfühlen, als hätte man versagt, hatte sich Melissa gedacht, als sie das Gerichtsgebäude als geschiedene Frau verließ.

Ja, ich fühle mich wie eine Versagerin, dachte sie noch immer. Ihre Wunden wollten und wollten einfach nicht heilen.

„Du solltest unbedingt meinen Freund Bernd kennenlernen", fuhr Sybille fort. „Er ist gut verdienender Ingenieur, war lange Jahre im Ausland und ist jetzt wieder da. Er will hier sesshaft werden und wünscht sich eine Familie." Sybille strahlte Melissa erwartungsvoll an.

„Ach, danke, Sybille", wich Melissa aus. „Ich habe kein Interesse."

„Du kennst ihn doch gar nicht, woher willst du dann wissen, ob du Interesse hast oder nicht? Lerne ihn doch erst einmal kennen, dann sehen wir weiter!"

Melissa zuckte mit den Schultern und wechselte das Thema. Doch Sybille hatte einen Narren an ihrer eigenen Idee gefressen und rief ein paar Tage später an: „Hast du am Samstag Zeit?", fragte sie Melissa. „Ich habe ein paar Leute eingeladen und würde mich freuen, wenn du auch kommst."

Melissa war noch immer nicht in Stimmung für Einladungen und Feiern. „Nein, danke, ich ...", wollte sie absagen, aber Sybille ließ keine Ausrede zu. „Es kann nicht sein, dass du dich vergräbst, nur weil du frisch geschieden bist. Du solltest feiern, dass du ihn losgeworden bist!"

„Mir ist einfach nicht nach Feiern zumute", widersprach Melissa, aber damit kam sie nicht durch. Am Ende des Telefonats versprach sie, wenigstens auf einen Sprung vorbeizukommen.

Das tat sie natürlich auch, denn Sybille war schon seit vielen Jahren ihre beste Freundin und von ihr ließ sie sich gerne einmal einen Schups geben. Es war auch wirklich nett auf der kleinen Party. Sybilles Freund Eric war da, ein Ehepaar aus der Nachbarschaft und ... eben jener Bernd!

Melissa hatte damit gerechnet. „Hallo", sagte sie zur Begrüßung, nachdem sie einander vorgestellt worden waren und beschloss, den Stier gleich bei den Hörnern zu packen: „Du bist also der nette Ingenieur, mit dem ich verkuppelt werden soll."

Bernd lachte ein wenig verlegen, bevor er schmunzelnd konterte: „Nur wenn du die Steuerberaterin bist, die seit ihrer Scheidung zum Lachen in den Keller geht."

„So hat mich meine beste Freundin beschrieben?" Melissa tat so, als wäre sie empört, aber ihr machte der Schlagabtausch jetzt schon großes Vergnügen. „Das ist ja allerhand. Die kann etwas erleben!"

„Ich an deiner Stelle würde jegliche Rachemaßnahmen auf den späteren Abend verschieben. Schau dir das Buffet an! Wenn du jetzt mit Sybille Krach anfängst und sie dich hinauswirft, verpasst du etwas!"

Melissa warf einen Blick aufs Buffet und musste Bernd recht geben. Was Sybille da aufgetischt hatte, war vom Feinsten! Während Melissa und Bernd nach Tellern und Gabeln griffen und sich am Buffet bedienten, unterhielten sie sich ungezwungen weiter und sahen sich dann zusammen nach einem Sitzplatz um.

Sybilles Wohnung war klein und der Esstisch bereits belegt. Also beschlossen Melissa und Bernd, es sich mit ihren Tellern auf dem Sofa gemütlich zu machen. Wie sie da so einmütig saßen und aßen, kam eine vertrauliche Stimmung auf, die auch bestehen blieb, als sich nach und nach die anderen Partygäste zu ihnen setzten und sie alle miteinander plauderten.

Es war insgesamt ein schöner Abend und als es für Melissa Zeit wurde, zu gehen, bat Bernd sie um ihre Telefonnummer. Das war Melissa unangenehm, denn sie hatte keine falschen Hoffnungen wecken wollen. Andererseits mochte sie ihn jetzt auch nicht vor den Kopf stoßen und nein sagen, daher reichte sie ihm etwas verlegen ihre Visitenkarte.

Gleich am nächsten Tag rief er an – natürlich. Melissa hatte es befürchtet und sich schon einen Zettel gerichtet, auf dem stand, was sie ihm sagen wollte: „Es war wirklich ein schöner Abend gestern und ich habe mich sehr gefreut, dich kennenzulernen, aber ich möchte aus persönlichen Gründen diese Bekanntschaft nicht vertiefen. Bitte verstehe das nicht falsch, es liegt nicht an dir, sondern an mir."

Es liegt wirklich nicht an ihm, hatte sich Melissa gedacht, als sie sich diese Sätze notiert hatte. Eigentlich ist er ein toller Mann, humorvoll, witzig, gebildet, mit guten Manieren und einem freundlichen Wesen. Darüber hinaus sah er sogar recht passabel aus. Einem solchen Mann würde eigentlich keine Frau so einfach einen Korb geben …

Dennoch gab Melissa Bernd diesen Korb, als er anrief und um ein Wiedersehen bat. Er zog hörbar die Luft durch die Nase ein, als sie ihm sagte, dass sie diese Bekanntschaft nicht vertiefen wolle. Dann sagte er sehr bedächtig: „Schade, Melissa, ich hatte gedacht, das hätte mehr werden können zwischen uns beiden. Du hast mir gut gefallen und wir haben uns auch den ganzen Abend gut verstanden. Aber ich akzeptiere dein Nein natürlich." Dann wünschte er ihr noch einen schönen Abend und legte auf.

Was ist nur los mit mir? Will ich jetzt in alle Ewigkeiten Single bleiben, überlegte sich Melissa. Dann schlug sie sich diese Gedanken aus dem Kopf und dachte nicht mehr an Bernd … bis er am Freitag darauf wieder anrief.

„Ich hoffe, dass ich nicht störe", begann er am Telefon, „aber ich habe mir gedacht, ich könnte doch jetzt immer freitags anrufen und dich daran erinnern, dass ich dich gerne wiedersehen würde. Nur für den Fall, dass du es vergessen hast oder du deine Meinung geändert hast."

„Das werde ich nicht", sagte Melissa steif am Telefon. „Das musst du mir nicht jedes Mal sagen", antwortete er freundlich. „Ich möchte dich nur daran erinnern, mehr nicht." Dann legte er auf.

Melissa lachte kurz auf. Wie originell, dachte sie. Wie witzig. Aber auch aufdringlich. Was bildet sich dieser Mann bloß ein?

Als Bernd am Freitag wieder anrief, ging Melissa nicht ans Telefon. „Hallo Melissa", hörte sie ihn auf den Anrufbeantworter sagen, „ich wollte dich nur daran erinnern, dass ich dich gerne wiedersehen möchte. Morgen ist Stadtfest und ich habe uns einen Platz am Weinstand reservieren können. Es wäre schön, wenn du mitgingst. Falls du magst, ruf doch bitte zurück!"

Das werde ich nicht tun, dachte Melissa trotzig und tat es auch nicht. Sie vergaß seinen Anruf, bis er am Freitag darauf wieder in etwa den gleichen Text auf ihren Anrufbeantworter sprach. Dieses Mal lud er sie zu einer Filmpremiere im Kino ein. Am Freitag darauf lockte er mit Karten für das hiesige Theater, die Woche darauf bat er sie um ein Abendessen. Dann lud er sie zu Freunden ein, die eine kleine Party geben würden, und am Freitag darauf hatte er die Idee, mit ihr in den Zoo zu gehen.

So gingen die Wochen ins Land. Melissa lebte weiterhin zurückgezogen und schlief viel, dann aber nahm sie plötzlich wieder neue Mandanten an und besuchte einen Kurs für kreatives Zeichnen, was sie schon immer einmal machen wollte. Der allwöchentliche Anruf von Bernd wurde zur liebgewordenen Gewohnheit, und auch wenn sie nie zurückrief, freute sie sich doch immer wieder über seine Hartnäckigkeit und seinen Ideenreichtum.

„Andere Frauen würden sich die Finger nach ihm abschlecken", sagte Sybille eines Tages vorwurfsvoll zu ihr, als sie bei einem Mädelsabend zusammensaßen.

„Das glaube ich dir gerne", nickte Melissa ernsthaft. „Er ist wirklich toll."

„Warum triffst du dich dann nicht mit ihm?", fragte Sybille fassungslos.

Melissa zuckte mit den Schultern. „Irgendwie ist es jetzt zu spät, weißt du? Es ist schon so lange her, dass wir uns kennengelernt haben und … ach, jetzt habe ich mich so lange geziert, was wäre denn das für ein Anfang?"

Sybille rollte mit den Augen, aber irgendwie verstand sie ihre Freundin auch. Es war schon schwer genug, einem Mann klarzumachen, dass man kein Interesse an ihm hatte, aber ihm klarzumachen, dass man kein Interesse gehabt hatte aber jetzt vielleicht doch Interesse hätte – das war möglicherweise unmöglich.

„Weißt du", fuhr Melissa fort, „wenn einmal der Wurm drin ist, ist er drin. Ich kann jetzt nicht mit Bernd ausgehen und so tun, als hätten wir uns erst letzte Woche kennengelernt."

„Ach, das würde ich nicht so sehen", sagte Sybille leichthin, aber sie war sich nicht sicher. Vielleicht hatte Melissa recht und man beließ manchmal die Dinge so, wie sie eben waren.

Zwei Wochen später verstrich ein Freitag, ohne dass Bernd angerufen hätte. Melissa registrierte das zunächst nur erstaunt. Dann wurde sie plötzlich traurig. Schließlich war sie ein wenig verärgert und – enttäuscht!

Sei nicht albern, schalt sie sich selbst, was hatte ich denn erwartet? Dass er mich ewig umwerben würde, während ich wie Dornröschen einen hundertjährigen Schlaf halte? Hatte ich wirklich erwartet, dass er dieses Spiel noch jahrelang weitertrieb, bis … ja, bis was denn eigentlich?

Enttäuscht durfte sie jedenfalls nicht sein, das war ihr klar. Sie hätte ihn sogar eher beglückwünscht, eine so aussichtslose Sache irgendwann abgebrochen zu haben. Aber dass sie so traurig war, wunderte sie selbst. An diesem Wochenende musste sich Melissa eingestehen, dass sie ihn vermissen würde, diesen netten Ingenieur, den sie einmal kennengelernt und nicht wiedergesehen hatte und der sie jeden Freitag angerufen und vergeblich zu irgendetwas eingeladen hatte.

Melissa versuchte sich jeden Gedanken an Bernd aus dem Kopf zu schlagen. Das wollte jedoch einfach nicht gelingen. Es tat ihr plötzlich leid, ihn immer abgewiesen zu haben, diesen ideenreichen

Mann, der den gleichen Humor hatte wie sie und mit dem sie ganz vertraulich auf Sybilles Couch gesessen und sich mit ihm wohlgefühlt hatte.

Gleich am Samstagmorgen rief sie Sybille an. „Stell dir vor, er hat sich gestern nicht mehr gemeldet", sprudelte es ohne Einleitung aus Melissa heraus.

„Wer?", fragte Sybille zurück, die noch ganz verschlafen und mit ihren Gedanken gerade eben noch woanders gewesen war.

„Na, Bernd!"

„Oh, vermutlich konnte er das nicht", antwortete Sybille leichthin. „Er ist in Borneo!"

„Was macht er denn in Borneo und wieso kann er deshalb nicht anrufen?"

„Ich weiß es auch nicht genau", antwortete Sybille genervt, „seine Firma hatte einen dringenden Einsatz für ihn, das hat er mir noch erzählt, bevor er seine Koffer gepackt hat. Er ist dort jedenfalls aus beruflichen Gründen."

„Aber er kommt doch wieder?", hakte Melissa besorgt nach.

„Sag mal, geht es noch?", fragte Sybille nun ihrerseits. „Seit wann interessierst du dich für den Mann? Er ist dir monatelang hinterhergelaufen, ohne dass du ihn erhört hättest und nun …?"

„Ach", seufzte Melissa und gab schweren Herzens zu, was sie sich selbst erst in der Nacht eingestanden hatte: „Ich habe mich die ganze Zeit eingeigelt und wollte nichts mehr von Männern wissen. Aber da habe ich mir wohl selbst etwas vorgemacht. Ich glaube, ich möchte diesen Bernd doch gerne näher kennenlernen."

„Er wird sicher wiederkommen", sagte Sybille jetzt tröstend. „Und dann lade ich euch wieder zu einem Fest ein, okay? Nicht traurig sein, noch ist nicht aller Tage Abend!"

Sybille sollte recht behalten, denn noch am gleichen Tag klingelte bei Melissa das Telefon. Es war eine Nummer aus dem Ausland und Melissa nahm neugierig den Hörer ab und nannte ihren Namen.

„Oh, hallo, heute einmal persönlich und nicht nur der Anrufbeantworter?", fragte Bernd.

„Ja, heute einmal persönlich", lachte Melissa.

„Ich kann mein Glück kaum fassen", witzelte er. „Liegt es daran, dass heute Samstag ist? Hätte ich immer samstags anrufen sollen, wäre das besser gewesen?"

„Wo bist du?", fragte Melissa statt einer Antwort.

„Beruflich in Borneo. Im Jetlag, um es genau zu sagen. Wir sind hier acht Stunden weiter als ihr und ich war 19 Stunden im Flugzeug unterwegs. Es tut mir leid, dass ich mich gestern nicht gemeldet habe, aber ich war den ganzen Tag im Flieger."

„Und wann kommst du wieder?", wollte Melissa wissen, aber sie stellte die Frage ganz schüchtern und leise.

„Das kann ich noch nicht genau sagen, aber wenn ich es weiß, darf ich mich dann wieder bei dir melden?"

„Ja, bitte", seufzte sie.

„Auch wenn dann noch nicht Freitag ist?"

„Ja, auch dann!"

„Und dann?", fragte er und sie hörte über alle Ozeane hinweg, wie er die Stirn runzelte.

„Dann gehen wir aus!", antwortete sie. „Ich wollte dich zum Essen einladen. Zu Luigi, meinen Lieblingsitaliener, den habe ich seit Monaten nicht mehr besucht." Seit meiner Scheidung nicht mehr, dachte sie, aber egal, das musste Bernd nicht wissen.

„Das überrascht mich jetzt", gab Bernd am anderen Ende der Welt zu. „Wie kommt es denn zu diesem Sinneswandel?"

Melissa schwieg einen Moment. „Ach", seufzte sie dann tief, „das ist nicht einfach zu erklären und schon gar nicht am Telefon. Aber wenn du noch Lust hast, mit mir auszugehen, dann bitte ich dich jetzt um diese zweite Chance!"

„Darum musst du nicht bitten. Es ist mir eigentlich egal, warum du deine Meinung geändert hast, ich freue mich jedenfalls sehr." In Bernds Stimme lag Freundlichkeit und Wärme – all die Dinge, die Melissa seit ewigen Zeiten vermisst hatte.

„Ich mich auch", sagte sie aufrichtig.

„Na dann, dann melde ich mich, sobald ich weiß, wann ich wiederkomme!", schloss Bernd das Telefonat.

Knapp zwei Wochen später stand Melissa am Flughafen Frankfurt, wo sie einen völlig übernächtigten Bernd abholte, der nach zwanzig Stunden Flugzeit und zwei Zwischenstopps wieder in Deutschland ankam.

Als er ihr mitgeteilt hatte, wann er wieder zuhause wäre, hatte er nicht damit gerechnet, dass sie ihn abholen würde. Doch sie stand am Flughafen und hielt ein Schild hoch, auf dem sein Name stand.

„Na, das ist aber eine gelungene Überraschung", sagte er grinsend. „Wie komme ich denn jetzt zu dieser Ehre? Hat der Lieblingsitaliener zu?"

„Nein", antwortete Melissa leichthin, während sie ihn in Richtung des Parkdecks bugsierte, in dem ihr Auto stand. „Ich wollte dir nur einfach keine Chance geben, noch schnell eine andere kennenzulernen, bevor du mit mir essen warst!"

Sie fuhr ihn ruhig und sicher nach Hause, wo er erst einmal ausschlafen wollte. Am Abend trafen sie sich schließlich bei Melissas Italiener. Sie hatte sich hübsch gemacht und auch Bernd hatte sich in ein schickes Jackett geworfen.

Aber sie waren beide ein wenig verlegen. Sie hatten so lange auf diesen Abend gewartet, dass er alles Leichte und Unverbindliche verloren hatte. Es war mühsam, ins Gespräch zu kommen. Besonders Melissa war befangen, weil sie dauernd dachte, sie müsse etwas erklären, aber sie wusste nicht recht, wie. Bernd sollte sich keinesfalls zu irgendetwas verpflichtet fühlen.

Doch dann kam Luigi, der Wirt, zu ihnen an den Tisch, erkannte Melissa wieder und stellte fest, dass ein anderer Mann an ihrer Seite war. Unter dem Vorwand, diesen neuen Mann kennenlernen zu wollen, um zu sehen, ob er auch gut genug für Melissa war, setzte sich Luigi zu ihnen und schon floss der Lambrusco in Strömen.

Jetzt wurde viel erzählt und viel gelacht und als Luigi sie schließlich sich selbst überließ, um sich um seine anderen Gäste zu kümmern, war bei Melissa und Bernd das Eis gebrochen.

Als Bernd Melissa an diesem Abend nach Hause brachte, hatten sie sich schon für den nächsten Tag verabredet und es war ganz selbstverständlich, dass Bernd Melissa zum Abschied küsste.

ALTE BÄUME
UND IHR SCHATTEN

Endlich umgezogen und fix und fertig eingerichtet! Ich freute mich sehr, als endlich alles erledigt war … schließlich bin ich kein junges Mädchen mehr und alte Bäume verpflanzt man ja eigentlich besser nicht. Aber ich hatte gute Gründe, in diesen kleinen Ort zu ziehen …

Meine Tochter war vor einigen Jahren mit ihrem Mann hierhergezogen und ich wollte gern in ihrer Nähe sein. Solange mein Mann noch lebte, war das kein Thema gewesen, denn wir kamen gut zurecht in unserer geräumigen Altbauwohnung.

Aber als Hans-Peter starb, waren mir die vier Zimmer dann doch zu viel geworden, zumal ich ihn schrecklich vermisste und in jeder Ritze eine teure Erinnerung an ihn steckte. Noch gehörte ich nicht zum ganz alten Eisen, aber mir war klar, dass ich etwas tun müsste, wenn ich nicht vereinsamen wollte. Also entschied ich, sechzig Kilometer weiter in jene ländliche Gegend zu ziehen, in der meine einzige Tochter Verena wohnt.

Sie war von dieser Idee begeistert und half mir eifrig bei der Suche nach einer Wohnung. Schließlich fanden wir eine klitzekleine, schnuckelige Einzimmerwohnung im Erdgeschoss mit einer Terrasse, die zu einem ebenfalls winzigen Garten führte. Für mich war es das Paradies und ich brauchte mir keine Gedanken zu machen, ob mich die Pflege meiner Wohnung und des Gartens überfordern würde. Das war gut zu schaffen, auch im hohen Alter noch! Dazu kam, dass das Bad der Wohnung frisch behindertengerecht renoviert war – ich nahm das als gutes Zeichen, dass ich hier bis ans Ende meiner Tage bleiben kann.

Dennoch war es natürlich viel Arbeit gewesen, die große Wohnung in der Stadt aufzulösen und mich in der kleinen Wohnung auf dem Land einzurichten. Als endlich alles geschafft war, fehlte mir nur noch eins: Anschluss!

Doch das war kein Problem! Ich singe für mein Leben gern und stellte schnell fest, dass es hier in der Gemeinde einen Chor gab, der sich einmal in der Woche in der kleinen Halle am Marktplatz traf. Dort fand ich schnell Kontakt, vor allem zu den Frauen, die mit mir im Sopran singen.

Nur ein Mann fehlte mir jetzt plötzlich noch an meiner Seite. Ich fragte meine Tochter, was sie denn davon hielte, wenn ich mich nach einem neuen Partner umsehen würde. Sie hatte sehr an ihrem Vater gehangen und ich fürchtete Widerstände.

Doch zu meiner Freude täuschte ich mich: Verena freute sich über meinen Wunsch, nicht mehr allein bleiben zu wollen und riet mir, mich im Internet anzumelden und ein Single-Portal zu besuchen. Doch mit diesem Begriff konnte ich gar nichts anfangen! Einen Schnellkurs in Sachen Internet lehnte ich ab: Ich habe mein Leben gut gemeistert und weiß auch genug. Wir älteren Menschen müssen nicht mehr alles Neue mitmachen!

Ich wollte auch keinen Mann, der den ganzen Tag am PC sitzt. Er sollte darüber genauso denken wie ich und lieber mit mir Ausflüge machen wollen, Weinfeste besuchen, vielleicht sogar ein ums andere Mal mit mir tanzen gehen! Auch gegen gemeinsame sportliche Aktivitäten war nichts einzuwenden, im Gegenteil. Ich hatte früher einmal Tennis gespielt, das könnte ich doch wieder versuchen!

Ja, ich war und bin altmodisch und ich wollte es bleiben! Also kam für mich auch nur die altmodische Art der Vermittlung infrage. Statt „Singlebörse" im Internet fand ich in der Nachbarstadt ein traditionelles Heiratsinstitut.

Die Dame, die dieses Institut leitete, war sehr nett. Sie wollte eine Unmenge von mir wissen, notierte alles auf Fragebögen und Kärtchen und beriet mich auch in der Kostenfrage. Ich hatte in zweierlei Hinsicht Glück: Frauen zahlen bei diesen Instituten immer weniger als die Herren, vermutlich, weil es mehr männliche Interessenten gibt. Und in ihren Karteikarten hatte sie einige Männer in meinem Alter, die glücklicherweise auch in meiner Nähe lebten.

„Ich werde sehen, wen ich für Sie finde!", sagte sie mir zum Abschied und bat mich um etwas

Geduld. Sie würde mich anrufen, wenn sie meinte, ein passendes Pendant für mich gefunden zu haben.

Als schon fast eine Woche vorüber war, wurde ich ungeduldig, aber Verena zwang mich, ruhig zu bleiben. Endlich kam der erlösende Anruf von der Heiratsvermittlerin. Sie hatte sogar zwei Kandidaten für mich, aber sie riet mir zu dem ersten, den sie mir vorstellen wollte, einem Mann namens Karl.

Ich stimmte einem Treffen mit diesem Mann zu und sie reservierte für uns beide einen Tisch im hiesigen Restaurant.

An diesem Abend machte ich mich ganz besonders sorgfältig zurecht und freute mich auf die Begegnung, zumal mir die Heiratsvermittlerin Karl in den leuchtendsten Farben beschrieben hatte. Ich war schon ein wenig früher da als er und erkannte ihn sofort, als er hereinkam. Während Karl sich umsah, winkte ich ihm zu und ein Leuchten fuhr über sein Gesicht, als er mich zum ersten Mal sah. Es war Liebe auf den ersten Blick, bei ihm wie bei mir!

Von da an sahen wir uns so oft es ging. Wir gingen zusammen auf Weinfeste, wir fuhren zur Galopprennbahn, wir besuchten ein Musical, gingen ins Kino – aber manchmal verbrachten wir auch ganze Tage gemütlich bei mir oder bei ihm zuhause und ließen es uns gut gehen. Mit den

Zärtlichkeiten kam auch der Sex wieder: reifer, beglückender und sehr intensiver Sex!

Karl war Witwer. Er hatte vor einem Jahr seine Frau an Krebs verloren, wollte aber nicht den Rest seines Lebens allein bleiben. Das Geld, das ihn die Heiratsvermittlung kostete, gab er gerne aus: „So habe ich einen Schatz gefunden!", sagte er immer wieder und er witzelte auch oft, dass ich mein Geld wirklich wert sei.

Auch ich war der Meinung, es wäre eine gute Idee gewesen, zur Heiratsvermittlung zu gehen und rief die Vermittlerin an, um mich noch einmal von Herzen zu bedanken. Sie freute sich ehrlich für mich.

Selbst meine Tochter fand Karl nett. Sie ging mit uns auf ein Dorffest, kurz nachdem wir uns kennengelernt hatten. „Siehst du nicht, wie dich andere Frauen hier beneiden?", lachte Verena, als sie sich umgesehen hatte.

Tatsächlich hatte sich manche Witwe im Ort Hoffnungen auf meinen Karl gemacht, nachdem seine Frau gestorben war. Doch keine von ihnen hatte ihn interessiert. „Ich will nur dich!", sagte er und küsste mich vor allen anderen Festbesuchern.

Dafür ernteten wir böse Blicke, denn dass Karl sich eine Zugereiste genommen hatte, muss sie ziemlich gewurmt haben. Doch mich störten diese bösen Blicke nicht, ich war glücklich! Glücklich mit meinem Karl! Dass mein Glück keine drei Monate währen sollte, ahnte ich nicht.

Es war an einem Montag, als ich mit dem Fahrrad in die nächstgelegene Ortschaft fuhr. Ich wollte Sämereien in einem bestimmten Geschäft einkaufen, das mir empfohlen worden war. Ich visierte mit dem Fahrrad mein Ziel an, erwischte aber die Bordsteinkante unglücklich mit meinem Vorderrad und stürzte. Es krachte hörbar: Ich ahnte sofort, dass ich mir die Schulter gebrochen hatte.

Passanten halfen mir auf und riefen einen Krankenwagen. Der brachte mich in das nächstgelegene Hospital, wo ich geröntgt wurde. Die Bilder bestätigten, was ich befürchtet hatte, aber es war noch schlimmer als gedacht. Der Bruch war so kompliziert, dass sie mich sofort operieren und mir eine Platte in die Schulter setzen mussten.

Mittlerweile hatte ich Verena erreichen können und sie brachte mir die nötigsten Dinge ins Krankenhaus: einen Schlafanzug, Wäsche und Waschzeug. Auch Karl hatte sie benachrichtigt, und er versprach, noch am Abend nach mir zu sehen.

Als ich am Nachmittag aus meiner Narkose erwachte, saß meine Tochter an meinem Bett. Sie erzählte mir, was die Ärzte alles gemacht hatten, dass bei der Operation alles gut gegangen wäre und dass ich am Abend noch Besuch von Karl bekommen würde. Sogar ein Telefon hatte sie mir besorgt, während ich noch geschlafen hatte. Die

Rufnummer hatte sie auch schon per SMS an Karl und meine Freundinnen weitergegeben.

Ich war dankbar, dass meine Tochter alles so umsichtig geregelt hatte. Meiner Genesung schien nichts mehr im Weg zu stehen. Aber an diesem Abend wartete ich vergebens auf Karl. Nanu, dachte ich, hatte nicht Verena gesagt, er wolle mich besuchen kommen? Als es nach 21 Uhr war, dachte ich, vielleicht hat er es verschlafen und rief ihn an.

„Ach, Helga", sagte er am Telefon und ich hörte seiner Stimme an, dass er wohl geweint haben musste. „Ich stand vor der Klinik, aber ich habe es nicht geschafft, hineinzugehen!"

Es stellte sich heraus, dass ich genau in dem Krankenhaus lag, in dem seine Frau vor einem knappen Jahr verstorben war. Karl kam mit der Situation, jetzt wieder eine Frau dort besuchen zu müssen, überhaupt nicht klar. „Ich kann das nicht, ich kann das nicht noch einmal, Liebes", sagte er mir am Telefon.

„Aber Karl", antwortete ich, „ich bin doch nur an der Schulter operiert, ich werde doch wieder gesund und komme bald wieder nach Hause!" Ich zeigte Verständnis und versuchte, ihn zu trösten, aber er sagte immer nur, er könne das nicht mehr. Schließlich verlegte ich mich aufs Bitten: „Spring über deinen Schatten, Karl", sagte ich, „bitte, du kannst mich doch jetzt nicht verlassen. Ich werde ganz bestimmt bald wieder gesund!" Doch Karl legte bei diesen Worten auf.

Es dauerte lange, bis ich wirklich verstanden hatte, dass dies sein letztes Wort gewesen war. Wir hatten von Liebe gesprochen, davon, dass wir bis zum Schluss zueinanderstehen würden, aber er hatte sein Wort schon bei der ersten Gelegenheit gebrochen!

Ich stand meinen Schulterbruch im Krankenhaus durch. Gott sei Dank hatte ich viel Besuch: Meine Tochter kam regelmäßig und auch meine Chorkolleginnen kamen und hielten mir ein Ständchen zur Genesung.

Immer wieder schaute ich, ob ich nicht vielleicht Karl vor der Krankenhaustüre stehen sehe – aber ich sah ihn nie mehr wieder. Dieser Schmerz war schwerer auszuhalten als die schmerzende Schulter, die nur sehr langsam verheilen wollte.

Später erfuhr ich von einer Chorkollegin, dass Karl dann doch noch mit einer Frau aus dem Ort angebandelt hatte. Das versetzte mir noch einmal einen tiefen Stich. Enttäuscht rief ich die Frau vom Heiratsinstitut an und erzählte ihr unter Tränen, wie kurz mein Glück gewesen war.

Sie war so empört wie ich. „Das hätte ich von diesem Mann nie gedacht!", sagte sie und dann tröstete sie mich: „Keine Sorge, wir finden schon noch jemanden für Sie. In meinen Karteikarten gibt es noch ein paar sehr nette Männer!"

Ich werde diesen Männern eine Chance geben, denn ich fühle mich oft wirklich einsam. Aber ob ich noch einmal lieben kann? Im Moment zumindest kann ich mir das gar nicht vorstellen …

FRAU SUCHT BAUER

Katja kaute frustriert an ihren Fingernägeln, als sie sich im Fernsehen „Bauer sucht Frau" ansah. Sie hatte sich für einen der Bauern beworben, war aber nicht eingeladen worden. Das war ihr schon letztes und auch vorletztes Jahr so gegangen.

Lag es daran, dass Katja studiert hatte? Das hatte sie nur ihrer Mutter zuliebe getan. Sie selbst wollte schon immer Bäuerin werden und wünschte sich sehnlichst einen ehrlichen, grundsoliden Bauer! Er sollte Tiere haben und vielleicht auch ein paar Äcker …

Aber vielleicht machte sie sich ja auch völlig falsche Vorstellungen vom Leben auf einem Bauernhof. Sie kannte ja keinen. Katja wohnte in der Stadt, da gab es keine Bauernhöfe.

„Und genau da liegt dein Problem", stellte ihre Freundin Moni eines Abends fest, als ihr Katja ihr Leid klagte. „Du kannst keine Bauern kennenlernen, wenn du nicht dahin gehst, wo Bauern sind."

„Und wo sind sie? Auf Bauernmärkten?"

Bei der Vorstellung, es könnte Märkte geben, auf denen sie Bauern verkaufen, mussten beide lachen. Dann antwortete Moni: „Warum nicht? Sie verkaufen dort ja Produkte von Bauernhöfen. Da könntest du dich umsehen! Geh aufs Land und suche dort." Katja dachte darüber nach und musste Moni rechtgeben. Bislang hatte sie sich bei ihren Freizeitaktivitäten an der Stadt orientiert, in der sie lebte. Jetzt versuchte sie herauszufinden, wo es überall Scheunen- oder Weinfeste gab.

Katja fand einen kompletten Veranstaltungskalender und fuhr nun an den Wochenenden aufs Land. Sie besuchte Kunsthandwerker-, Kräuter- und Bauernmärkte sowie Weinfeste.

Fast immer kam Katja vor Ort mit anderen in Kontakt. Hier ein Gespräch an der Kuchentheke, da ein nettes Wort beim Getränkeausschank ... Katja traf auf Cliquen und zwanglose Runden und war in ihrer Freizeit öfter unterwegs als Zuhause. Zwar hatte sie noch keinen strammen Bauern kennengelernt, aber sie begann immer öfter mit dem Gedanken zu spielen, ganz aufs Land zu ziehen.

Doch da war immer noch ihre Arbeit in einem Verwaltungsbüro der Stadt! Wenn sie den Absprung in ein ländlicheres Leben wagen wollte, sollte sie eine Alternative haben. Deshalb studierte sie von nun an die Stellenanzeigen aus dem Umland.

Ein paar Monate lang war nichts für Katja dabei, bis sie auf einem Weingut eine Mitarbeiterin für die Organisation des betrieblichen Ablaufs und die Kundenverwaltung und -Akquise suchten. Das klang wie Musik in ihren Ohren!

Aus Neugierde fuhr sie am Wochenende darauf in den kleinen Ort, in dem das Weingut lag. Es hieß „Bio-Weingut Lauer" und war größer als erwartet. Der Verkaufsladen war heimelig und die Probierstube gemütlich.

Jetzt sah sich Katja im Ort um. Neben dem Weingut stand eine offene Scheune, in der riesige, runde Strohballen gelagert wurden. Eins weiter war ein Kuhstall. Katja hörte es muhen. Fasziniert blieb sie stehen und lächelte.

Ein Traktor fuhr an ihr vorbei in den Hof, wo er anhielt. Sein Fahrer sprang aus dem Führerhaus, sah sie an und lächelte. „Wollen Sie Eier kaufen?", fragte er.

Katja nickte. Mehr hätte sie beim besten Willen nicht herausgebracht. Denn das war der Bauer ihrer Träume! Ein wenig ungelenk, aber mit strahlenden blauen Augen und einem warmen Lächeln!

„Kommen Sie mit", sagte er und führte sie ins Innere des Kuhstalls, wo im Eingangsbereich ein Tisch mit mehreren Eierkartons stand. „Von jungen oder von erwachsenen Hühnern?", fragte der Bauer.

„Was ist der Unterschied?", fragte Katja unsicher.

„Die jungen Hühner legen kleinere Eier", erklärte er.

„Wie niedlich die sind!" Katja staunte, denn sie hatte noch nie zuvor Junghenneneier gesehen. „Ich nehme zehn kleine."

Der Mann nahm das Geld und drückte ihr die Schachtel mit Eiern in die Hand. Dann machte er Anstalten, weggehen zu wollen.

„Darf ich mir noch die Kühe ansehen?", fragte Katja schüchtern.

Er war verblüfft. „Gerne, kommen Sie!", sagte er schließlich und ging mit ihr durch die Reihen. Dabei kamen sie ins Plaudern. Katja erzählte, dass sie in der Stadt so wenig mit Tieren in Berührung käme, und er zeigte sich erstaunt: „Sind Sie so weit für eine Schachtel Junghenneneier gefahren?", fragte er und schmunzelte.

Katja wurde rot. „Nein, ich bin eigentlich hier, weil ..." Der Mann sah sie aufmunternd an. „Nebenan ist eine Stelle frei und ich will mich darauf bewerben", platzte sie heraus. „Da habe ich mich ein wenig umsehen wollen, was das überhaupt für ein Betrieb ist."

„Und, was haben Sie festgestellt?", fragte der Bauer.

„Allzu viel kann ich nicht sagen", antwortete sie, „ich kenne jetzt das Gebäude, aber nicht die Leute, die dort arbeiten."

„Aber ich", sagte der Mann.

„Es sind ja auch Ihre Nachbarn."

„Wir können ihnen gerne einen Besuch abstatten", bot der Mann an.

Katja protestierte: „Das geht doch nicht!"

„Doch, das geht ganz gut", antwortete der Mann. „Kommen Sie, ich habe sogar einen Schlüssel!"

„Sie haben doch bestimmt ganz viele andere Dinge zu tun", wollte sich Katja herausreden, aber als sie sah, dass er darauf bestand, mit ihr zu den Nachbarn zu gehen, lief sie mit.

„Ich heiße übrigens Katja", sagte sie dabei außer Atem.

„Reinhard", stellte sich ihr Bauer vor. „Reinhard Lauer." Und dann grinste er breit, während Katja alles dämmerte. „Sie sind der Weingutbesitzer?", fragte sie fassungslos.

„Nein, ich habe einen Milchviehbetrieb", antwortete er. „Der Winzer ist mein Bruder und den möchte ich Ihnen gerne vorstellen. Er hat keinen Nerv, sich Bewerbungen anzusehen. Am besten ist immer, man lernt sich kennen und entscheidet dann!"

Reinhard führte Katja erst in den Weinkeller, dann in den Verkaufsraum und in die Probierstube, um danach seinen Bruder und dessen Frau dazu zu bitten. Stundenlang saßen sie daraufhin zusammen, probierten Weine und sprachen über alles: über Katjas Studium, ihre derzeitige Arbeit und ihren Wunsch, aufs Land zu ziehen.

„Wie ungewöhnlich", meinte der Winzer. „Sonst wollen die Leute doch immer in die Stadt!"

Katja gestand, dass sie sich schon immer gewünscht hatte, auf einem Bauernhof zu leben und
zu arbeiten.

„Dazu müssten Sie ja nur einen Bauern heiraten",
sagte der Winzer daraufhin.

„Den finde ich auf dem Land auch schneller als in
der Stadt", antwortete Katja schlagfertig und sah
Reinhard an.

Erst lachten alle. Dann entstand plötzlich eine se-
kundenlange Stille, die der Winzer mit den Worten: „Ich finde, das passt alles", beendete. „Wir
sollten uns kommende Woche noch wegen der
Vertragsdetails sehen. Wann könnten Sie denn
anfangen?"

Als Katja am Mittwoch darauf ihren Vertrag bei
den Lauers abholte, wartete schon Reinhard auf
sie. „Ich muss mich bei Ihnen bedanken", sagte
Katja glücklich.

„Die Freude ist ganz meinerseits", antwortete er.
„Ich muss noch die Kühe fertig misten, aber danach könnten wir vielleicht essen gehen?"

Sie strahlte vor Freude. „Ich würde gerne mithel-
fen." „So?", fragte er, denn sie trug ein Kostüm
und Pumps.

„Ich habe natürlich Sachen zum Wechseln im
Auto!", verkündete Katja. „Wo kann ich mich umziehen?"

Als sie in Reinhards Bad stand und ihren Monteuranzug überstreifte, war sie stolz auf sich. Sogar an die Gummistiefel hatte Katja gedacht. Es war doch gut gewesen, sich sämtliche Staffeln „Bauer sucht Frau" anzusehen, denn so war sie optimal vorbereitet. Nur beim Misten brauchte sie noch Nachhilfe und war erstaunt, wie viel Kraft man dazu braucht. Danach hatten sich die beiden ein gemeinsames Abendessen mehr als verdient.

Leider musste dieser Abend irgendwann zu Ende gehen. Katja musste ja am nächsten Morgen wieder ins Büro! „Wann fängst du bei Thomas an zu arbeiten?", fragte Reinhard.

„In sechs Wochen", antwortete sie.

„Ich kann es kaum erwarten", sagte Reinhard, nahm sie in den Arm und küsste sie zum Abschied. Ich auch nicht, dachte Katja und fuhr selig nach Hause.

Als sie dort ankam, hatte sie bereits eine Nachricht von ihm auf dem Anrufbeantworter. Ob sie heil nach Hause gekommen wäre, sie solle doch bitte noch schnell Bescheid sagen.

Das tat sie und die beiden telefonierten noch eine Weile. Danach war klar: Für diesen Bauern musste sie sich nicht mehr bewerben. Sie hatte ihn gesucht und gefunden!

DANKSAGUNG

Ich danke ganz herzlich vor allen anderen Ihnen, die oder der Sie dieses Buch bis hierhin gelesen haben! Ich hoffe, es hat Ihnen gefallen – möglichst sogar so gut, dass Sie vielleicht auch noch ein weiteres Buch von mir lesen möchten.

Mein weiterer, genauso herzlicher Dank geht an Katharina Waldgott für ihr Korrektorat sowie Vanessa Hahn für die Covergestaltung.

Dieses Buch ist im Rahmen des „Neustart Kultur"-Stipendium-Programms gefördert worden. Daher geht mein Dank auch an das Gremium der VG-Wort und an die Beauftragte der Bundesregierung für Kultur und Medien.

Wir alle sind durch eine schwere Zeit gegangen und während ich dies schreibe, sieht es leider noch nicht so aus, als wäre diese schwere Zeit vorüber. Die Unterstützung durch „Neustart Kultur" war für mich ein Ansporn, weiterzumachen, denn sie kam gerade in einer Phase meines Lebens, in der ich beinahe die Segel in Sachen „Bücher" gestrichen hätte.

Wenn Sie, liebe Leserin und lieber Leser, mich ebenfalls unterstützen wollen, tun Sie das, indem Sie mich weiterempfehlen. Vielleicht suchen Sie aber auch noch ein Geschenk für Freunde, Bekannte oder Verwandte? Möglicherweise haben

Sie aber auch Lust, mich zu rezensieren. Hier bieten sich verschiedene Online-Portale an.

Es gibt auch Portale, auf denen Sie mir folgen können:

www.facebook.com/brigitte.vanhattem
www.instagram.com/brigittevanhattem

Gerne können Sie sich für meinen kostenlosen „Newsletter mit Goodies" eintragen lassen. Schreiben Sie dazu einfach eine formlose E-Mail an newsletter@vanhattem.de und Sie erhalten dann etwa alle drei Monate die neuesten Informationen mit Lesungs- und Vortrags-Terminen, exklusiven Leseproben und Gewinnspielen. Selbstverständlich bleibt Ihre Emailadresse bei mir und wird weder weitergegeben noch für etwas anderes verwendet.

Auf jeden Fall würde ich mich freuen, Sie bald wieder zwischen den Seiten meiner Bücher wiederzufinden.

Übrigens: Nicht alle meine Geschichten beschäftigen sich mit der Liebe und manche enden sogar tödlich. Davon zeugen etliche Bücher, die ich vor diesem herausgebracht habe und die ich Ihnen im Anschluss aufgelistet habe.

Ihre

Brigitte van Hattem

BIBLIOGRAFIE

Weitere Bücher von Brigitte van Hattem (Stand Dezember 2021):

- Schabrackenblues. Ein heiterer Frauenroman mit der Frage: Gibt es ein Leben nach den Wechseljahren? ISBN 978-3-750480667 (siehe Leseprobe im Anhang)

- Das Glück ist ein dämliches Grinsen. Kurzgeschichten und Miniaturen, ISBN 978-3-9820496-4-9

- Tatsächlich … wie Weihnachten. Liebesgeschichten zum Fest, BoD, ISBN 978-3751978651

- Lesbinas. Ein Episodenroman über lesbisches Leben 50+, ISBN 978-3-9820496-2-5

- Lebenslänglich. Kriminelle Kurzgeschichten, Taschenbuch: 134 Seiten, BoD, 01. März 2021, ISBN: 9783-753408866

- Ein Versehen mit Todesfolge. Reality by Brigitte van Hattem. Kurzgeschichten aufgrund wahrer Todesfälle. ISBN 978-3-9820496-3-2

- Verschieden! Kurzgeschichten. Tödlich. Inspired by life. Kurzgeschichten aufgrund wahrer Todesfälle. ISBN 978-3-9820496-1-8

- Quito und die Galapagosinseln 2020. Ein Reisebericht mit zahlreichen Abbildungen. ISBN-13: 979-8627165837

- Schwester Leonie. Arztroman, ISBN 978-1980896845

- Bello wird blind. Retinadegeneration und andere Augenerkrankungen beim Hund. ISBN 978-3-9820496-0-1

... sowie verschiedene medizinische Fachbücher in Zusammenarbeit mit Fachärzten.

LESEPROBE:
SCHABRACKENBLUES

Ein heiterer Frauenroman
von Brigitte van Hattem

Dr. Google warf mehrere Adressen aus und alle genannten Ärzte waren Fachärzte für plastische und ästhetische Chirurgie. Ich hatte die Qual der Wahl und entschied mich für einen, der seine Praxis in der Nähe der Schule hat, in der ich arbeite.

Das Wartezimmer der Praxis war so unglaublich luxuriös eingerichtet, dass ich mich sofort unbehaglich fühlte. Da wartete eine alte, verwelkte Schabracke in einem aufpolierten Neo-Barock-Sofa. Sehr passend. Sphärische Klänge ärgerten meine Ohren. Meeresrauschen aktivierte meine Blasenfunktion. Wenn ich hier noch eine Weile hätte warten müssen, wäre das schief gegangen. Musik, die mich beruhigen soll, regt mich tierisch auf.

Doch dann kam schon der große Meister und bat mich in seinen Behandlungsraum. Er roch nach Zigaretten und ich fragte mich sofort, ob sich sein Nikotinabusus wohl auf meine Wundheilung auswirken könnte. Dann schob ich den Gedanken beiseite und erzählte ihm, dass und warum ich mir nicht mehr gefalle.

"Ich habe aber nicht den Eindruck, dass es damit getan ist, dass man mir die Haut nach oben zieht", erklärte ich meinem aufmerksamen Gegenüber und demonstrierte es gleich, indem ich mir mit meinen beiden Händen ins Gesicht fasste und meine Hängebäckchen gleichzeitig sowohl nach oben als auch nach außen zog. Ich hatte das zuhause vor dem Spiegel geübt.

"Ja, das bringt nicht viel", bestätigte mir der Chirurg. "Das liegt aber daran, dass man hier an der falschen Stelle ansetzen würde. Schauen Sie einmal." Schwuppdiwupp hatte er eine Fernbedienung in der Hand und zielte mit ihr auf die Wand rechts neben ihm, wo ein Plasmabildschirm hing. Während der Arzt die richtigen Bilder suchte, hatte ich Zeit und Gelegenheit, ihn mir ausgiebig zu betrachten.

Er war schätzungsweise Ende Dreißig, höchstens Anfang Vierzig und sah mir persönlich ein wenig zu gut aus. Ich hatte schon vor dreißig Jahren Mühe gehabt, mir die Aufmerksamkeit von so extrem gutaussehenden Männern zu sichern, daher war ein wenig Skepsis sicher angebracht.

Doc Beauty hatte mittlerweile gefunden, was er mir zeigen wollte. Es waren Vorher-Nachher-Fotos einer Frau meines Alters, der er den Bereich um die Wangenknochen aufgepolstert hatte.

Schlagartig hatte Doc Beauty meine Aufmerksamkeit. Die Frau sah auf dem Nachher-Foto wirklich und erkennbar besser aus und das, obwohl sie immer noch eine schwammige Kinnlinie und

Hängebäckchen hatte. Doc Beauty zeigte mir noch zwei weitere Beispiele und erklärte, dass mit dem Alter das Mittelgesicht abflacht und nach unten rutscht. Aber genau dieser Bereich, der vom seitlichen äußeren Augenwinkel bogenförmig nach innen und unten bis zum seitlichen Nasenflügel verläuft, springe dem Betrachter förmlich ins Auge. Eine Auffüllung mit Eigenfett oder einem künstlich hergestellten Füllstoff bewirke daher eine Verbesserung des Aussehens um fünf bis zehn Jahre, auch wenn sich sonst am Gesicht nicht viel getan hat. Ich war beeindruckt.

Wenn mich aber meine Kinnlinie darüber hinaus stören würde, würde mir Doc Beauty zu einem sogenannten MACS Lifting raten, bei dem Fäden die untere Wangenregion nach oben in Richtung Ohr ziehen. Auch hierfür hatte der Doc einen Fotobeweis. Er rief die Vorher- und Nachher-Fotos einer etwa Sechzigjährigen auf und zeigte mir, was er bei ihr alles operiert hatte: MACS, Augen- mit Augenbrauenlifting und Mittelgesichtsfüllung. Die Frau sah jetzt tatsächlich gut aus, obwohl ihre weit aufgerissenen Augen auf dem Nachher-Foto ein wenig angsterfüllt wirkten. Es sei sehr schwierig gewesen, diesen Eingriff durchzuführen, plauderte der Doc aus dem Nähkästchen. Die Frau hätte bereits woanders Voroperationen durchführen lassen und er hätte durch dickes Narbengewebe schneiden müssen. Dabei sei leider auch der Worst Case passiert.

Das war ihm vermutlich nur so herausgerutscht, aber bei mir schrillten plötzlich alle Alarmglocken. "Worst Case?", fragte ich irritiert. Ich unterrichte technisches Englisch, mir war also klar, dass es sich hierbei um den schlimmsten anzunehmenden (Un-)Fall handelte, den Super-Gau. "Was ist denn bei dieser Operation der Worst Case?"

"Nun, die Schließfähigkeit ihres rechten Auges ging verloren", antwortete Doc Beauty, in einem Tonfall, als spräche er über eine lästige kleine Hautirritation.

"Sie kann es nicht mehr aufmachen?", fragte ich zurück.

"Sie kann es nicht mehr zumachen", korrigierte er mich.

Es dauerte ein paar Sekunden, bis sich diese Information in meine sämtlichen relevanten Hirnregionen verteilte.

"Sie kann es nicht mehr zumachen?!?", wiederholte ich ihn. "Ist das reversibel?"

Der Doc schüttelte bedauernd den Kopf.

"Aber man muss seine Augen ab und zu zumachen, sonst trocknen sie aus", stammelte ich.

"Nun ja, sie kann es manuell zumachen", erklärte er mir. "Mit der Hand."

Ich starrte auf die Vorher-Nachher-Fotos seiner bedauernswerten Patientin und stellte mir vor, wie sie abends ins Bett ging und sich mit der Hand ihr Auge zuklappte. Und wie sie morgens ihr Lid wieder zurückschob. Und zwischendurch manuell blinzelte.

"Aber sie sieht gut aus", gab ich zögerlich zu, weil mir sonst nichts Vernünftiges mehr einfiel.

"Ja, aber wie es nun mal so ist", seufzte Doc Beauty und wand sich ein wenig in seinem Chefsessel, "fokussiert sich die Patientin natürlich nur auf das, was schief gelaufen ist. Da muss man als Arzt ganz schön Kindermädchen spielen!"

Jetzt war ich endgültig sprachlos. Natürlich müssen Schönheitspraxen wirtschaftlich arbeitende Unternehmen sein, und natürlich führen sie mit ihren Patienten Verkaufsgespräche. Sie müssen auf die Möglichkeit eines Worst-Case aufmerksam machen, aber sie sollten auch Mitgefühl zeigen. Ich stand auf und verabschiedete mich von Doc Beauty, ich wolle es mir noch einmal überlegen.

Die Dame an der Anmeldung reichte mir einen Kostenvoranschlag zum Abschied: Volumen-aufbau Mittelgesicht und Nasolabialfalten mit Füllstoff, drei bis vier Ampullen á 450 Euro, alternativ Volumenaufbau mit Eigenfett, 1. Sitzung 3.500, jede Folgesitzung 2.000 Euro.

Als ich in den Wagen stieg und nach Hause fuhr, kam Trotz in mir auf. Hormonelle Imbalancen, wie sie bei einer postmenopausalen Frau durchaus normal sind, haben bekanntermaßen oft weitreichende Folgen: Übergewicht, Burnout, Depressionen, Hautprobleme, Infektanfälligkeit, Libidoverlust, Schlafstörungen, später noch Osteoporose und Scheidenatrophie - es gab also genug Fronten, an denen ich noch zu kämpfen hatte. Was machte es da schon, dass mein Mittelgesicht nach unten gerutscht war?

Das Buch „Schabrackenblues: Ein heiterer Frauenroman" ist unter der ISBN 978-3750480667 überall erhältlich, wo es Bücher gibt.